16	3	2	13
5	10	11	8
9	6	7	12
4	15	14	1

*Cet ouvrage, publié dans le cadre du Programme d'Aide à la Publication 2011
Carlos Drummond de Andrade de la Médiathèque de la Maison de France,
bénéficie du soutien de l'ambassade de France au Brésil et de l'Institut Français.*

Este livro, publicado no âmbito do Programa de Apoio à Publicação 2011
Carlos Drummond de Andrade da Mediateca da Maison de France,
contou com o apoio da embaixada da França no Brasil e do Institut Français.

Dany Laferrière

PAÍS SEM CHAPÉU

Tradução
Heloisa Moreira

editora■34

EDITORA 34

Editora 34 Ltda.
Rua Hungria, 592 Jardim Europa CEP 01455-000
São Paulo - SP Brasil Tel/Fax (11) 3811-6777 www.editora34.com.br

Copyright © Editora 34 Ltda. (edição brasileira), 2011
Pays sans chapeau © Dany Laferrière, 1996
Publicado sob licença da Agence Littéraire Pierre Astier & Associés
Todos os direitos reservados

A FOTOCÓPIA DE QUALQUER FOLHA DESTE LIVRO É ILEGAL E CONFIGURA UMA APROPRIAÇÃO INDEVIDA DOS DIREITOS INTELECTUAIS E PATRIMONIAIS DO AUTOR.

Imagem da capa:
A partir de uma obra do artesanato haitiano em metal

Imagem da p. 6:
Mapa do Haiti em esboço de Dany Laferrière

Capa, projeto gráfico e editoração eletrônica:
Bracher & Malta Produção Gráfica

Revisão:
Sérgio Molina, Isabel Junqueira

1ª Edição - 2011 (1ª Reimpressão - 2022)

CIP - Brasil. Catalogação-na-Fonte
(Sindicato Nacional dos Editores de Livros, RJ, Brasil)

L595p
Laferrière, Dany, 1953-
País sem chapéu / Dany Laferrière; tradução e posfácio de Heloisa Moreira. —
São Paulo: Editora 34, 2011 (1ª Edição).
240 p.

Tradução de: Pays sans chapeau

ISBN 978-85-7326-471-5

1. Ficção haitiana. I. Moreira, Heloisa. II. Título.

CDD - 840H

PAÍS SEM CHAPÉU

País sem chapéu 7

Posfácio da tradutora 219

Sobre o autor 237
Sobre a tradutora 239

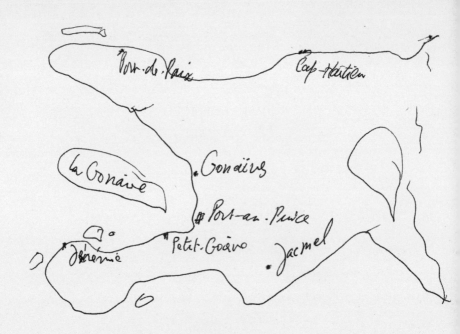

*Para minha mãe, que nunca deixou seu país
nem por um minuto, como ela diz.*

País sem chapéu, é assim que se chama
o lado de lá no Haiti porque nunca ninguém
foi enterrado com seu chapéu.

Os provérbios haitianos em epígrafe de todos os capítulos deste livro estão transcritos em um *créole* haitiano mais etimológico que fonético e traduzidos ao pé da letra. Dessa maneira, o sentido deles permanecerá sempre um pouco secreto. Isso nos permitirá apreciar não somente a sabedoria popular, mas também a fértil criatividade linguística haitiana.

*Trois feuilles
trois racines oh
jeté, blié
ramassé, songé.*

(Três folhas
três raízes oh
jogar, esquecer
catar, lembrar.)

Canção folclórica

Um escritor primitivo

Há muito tempo que espero este momento: poder sentar à minha mesa de trabalho (uma mesinha bamba debaixo de uma mangueira, no fundo do quintal) para falar do Haiti com calma, com tempo. E o que é ainda melhor: falar do Haiti, no Haiti. Eu não escrevo, falo. Escrevemos com o espírito. Falamos com o corpo. Sinto este país fisicamente. Até o calcanhar. Reconheço, aqui, cada som, cada grito, cada riso, cada silêncio. Estou em casa, não muito longe do Equador, nesta pedra ao sol à qual se agarram mais de sete milhões de famintos, homens, mulheres e crianças, encurralados entre o mar do Caribe e a República Dominicana (a inimiga ancestral). Estou em casa nesta música de moscas varejeiras atacando esse cachorro morto, a poucos metros da mangueira. Estou em casa com esta ralé que se entredevora como cães raivosos. Instalo minha velha Remington neste bairro popular, no meio desta multidão suada. Multidão barulhenta. A cacofonia incessante, a desordem permanente — hoje percebo — de fato me fez falta nos últimos anos. Lembro-me que no momento de deixar o Haiti, vinte anos atrás, eu estava completamente feliz por escapar dessa bagunça que começa com o nascer do sol e termina de madrugada. O silêncio em Porto Príncipe só existe entre uma e três da manhã. A hora dos bravos. A vida só pode ser pública nessa metrópole espantosamente superpovoada (uma cidade construída para nem duzentos mil habitantes que tem hoje cerca de dois milhões de histéricos). Vinte anos atrás, eu queria o silêncio e a vida privada. Hoje não consigo escrever se não sentir as pessoas à minha volta, prontas a interferir, a todo momento, no meu trabalho, para lhe dar uma outra direção. Escrevo a céu aberto no meio das árvores, das pessoas, dos gritos, dos choros. No coração desta energia caribenha. Com uma bacia de água limpa, não muito longe, para refrescar o corpo (o rosto e o peito) quando a atmosfera se torna insuportável. O ar irrespirável. A água espirra por todo lado. Produto raro. Depois dessa breve toalete, eu volto a passos largos para a minha mesa bamba e recomeço a datilografar como um louco nesta máquina de escrever que nunca me deixou desde meu primeiro livro. Um velho casal. Conhecemos tempos difíceis, companheira. Dias com. Dias sem. Noites febris. Curiosamente, foi uma máquina que me permitiu expressar a raiva, a dor ou a alegria. Não acredito que ela seja somente uma máquina. Às vezes, eu a ouço gemer quando sente que estou triste, ou ranger os dentes quando ouve rosnar minha cólera. Escrevo tudo o que vejo, tudo o que ouço, tudo o que sinto. Um verdadeiro sismógrafo. De repente, levanto a Remington com os braços para o céu limpo e duro do meio-dia. Escrever mais rápido, sempre mais rápido. Não que eu seja apressado. Eu me agito como um louco, enquanto, ao meu redor, tudo vai tão devagar. Mal acabo uma história, outra chega afoita. O excesso. Ouço a vizinha explicar a minha mãe que ela conhece esse tipo de doença.

— Pois é, minha cara, desde que ele chegou, passa o tempo todo escrevendo nessa maldita máquina.

— Parece — diz a vizinha — que essa doença só ataca aqueles que viveram muito tempo no exterior.

— Será que ele ficou louco? — pergunta minha mãe ansiosa.

— Não. Ele só precisa reaprender a respirar, a sentir, a ver, a tocar as coisas de modo diferente.

A vizinha acrescenta que conhece um remédio que poderia me ajudar a reencontrar um ritmo normal. Não quero chá calmante. Quero perder a cabeça. Voltar a ser um garoto de quatro anos. Opa, um pássaro atravessa meu campo de visão. Escrevo: pássaro. Uma manga cai. Escrevo: manga. As crianças jogam bola na rua entre os carros. Escrevo: crianças, bola, carros. Pareço até um pintor primitivo. Aí está, é isso, achei. Sou um escritor primitivo.

PAÍS REAL

À force macaque caressé pitite li, li tué'l.
(De tanto acariciar o filhote, a macaca o matou.)

A mala

Ao lado de minha mãe está tia Renée, ereta, branca, frágil. Minha mãe tem aquele sorriso um pouco crispado que conheço tão bem.
— Cadê as tuas malas? — pergunta minha mãe antes mesmo de eu beijá-la.
Sempre os dois pés no chão.
— Só tenho esta.
— Ah, é?! — diz minha mãe tentando esconder sua surpresa.
— Ela pesa tanto quanto aquela que você me deu quando fui embora vinte anos atrás.
Tia Renée tira a mala das minhas mãos.
— É verdade, Marie, ele tem razão.
O sorriso crispado de minha mãe. Ela deve pensar que não mudei. Sempre essa minha maneira fantasiosa de ver a vida. Se fosse ela, teria trazido uma porção de coisas úteis.
Só agora minha mãe me beija. Tia Renée, que só esperava esse sinal, pula no meu pescoço.

O tempo

Minha mãe, na frente, levando a mala. Ela a arrancou brutalmente de minhas mãos. O céu azul-claro de Porto Príncipe. Algumas nuvens cá e lá. Um sol novinho em folha bem no meio. Exatamente como na minha memória. Tia Renée me segura pelo braço.

— Por que você demorou tanto para vir? — pergunta apertando-me forte contra ela.

— Foi o tempo que passou, tia Renée.

Ela me olha com expressão séria.

— É verdade — diz ela —, nada podemos contra o tempo... Lembra — acrescenta com um risinho agudo — quando eu te mandava fazer entregas e cuspia no chão pedindo para você voltar antes que o cuspe secasse?

— Lembro — disse prontamente —, e eu chegava sempre a tempo.

— Era o único momento — conclui tia Renée — em que podíamos controlar o tempo.

Um tempo, nem breve nem longo.

— Agora que você cresceu, posso te contar — começa tia Renée. — Nem sempre você chegava a tempo, como pensava. Quando eu via que você não chegava, cuspia de novo no chão, para você pensar que tinha sido rápido.

— Mas, tia Renée, eu saía sempre como uma flecha.

— É verdade — diz ela com um sorriso —, você saía como uma flecha, mas depois parava no caminho para brincar, e aí você perdia a noção do tempo... podia ficar dez minutos, meia hora, até mesmo uma hora... Mas voltava sempre como uma flecha... E foi isso que aconteceu também desta vez: você ligou anteontem para dizer que ia chegar hoje.

— E fiquei vinte anos pelo caminho.

— Pois é — diz tia Renée com uma breve risada.

O táxi

Vejo minha mãe discutindo com um motorista de táxi, do outro lado da rua. O homem sacode negativamente a cabeça. Minha mãe deve estar lhe propondo um preço impossível pela corrida. Vamos a Carrefour-Feuilles, do outro lado da cidade.

O homem acaba aceitando. Minha mãe senta na frente. Tia Renée e eu, atrás.

Tia Renée acaricia minha mão.

— Ah, Velhos Ossos,[1] como estou contente de te ver.

Minha mãe olha reto para a frente.

— Às vezes — diz tia Renée ao meu ouvido —, escuto a Marie chorar à noite, sozinha no escuro. Ela pensa que estou dormindo. Você precisa cuidar de sua mãe, já não está tão firme como antes, você sabe. É por você que ela faz força para ficar assim ereta. Parece até que a Marie engoliu um cabo de vassoura...

Tia Renée ri mansamente. Minha mãe se vira prontamente. Sempre achei que ela tinha um olho na nuca.

— Que é que vocês já estão tramando?

— Faz tanto tempo que não o vejo, Marie.

Minha mãe indica ao motorista o melhor caminho. Ele obedece sem dizer uma palavra. Subimos a colina do morro Nelhio. O táxi cospe uma fumaça negra. O rosto do motorista está tenso. Suas mãos, como que parafusadas no volante. Eu tenho a impressão de que não chegaremos lá em cima. Minha mãe continua olhando para a frente. Tia Renée aperta minha mão. As casas desfilam em câmera lenta. Um garoto sem camisa me faz uma careta.

— Não gosto de vir para estes lados — resmunga o motorista.

— A gente não faz só o que gosta — devolve minha mãe na mesma moeda.

---

[1] Segundo o autor, *Vieux Os* é uma antiga expressão haitiana para dizer que "a pessoa não gosta de dormir com as galinhas", ou seja, refere-se ao hábito de deitar-se tarde da noite. No livro *L'odeur du café* o narrador conta que gosta de fazer *vieux os* com sua avó, daí a origem de seu apelido. (N. da T.)

A colina

O motorista cospe pela janela do carro, pisando fundo no acelerador. Uma imensa nuvem negra nos envolve. Não enxergo mais o rosto do garoto que continua nos seguindo.

— Parece fuligem — diz minha mãe fechando o vidro.

O motorista insiste em acelerar. O carro mal sai do lugar. Ele está quase de pé. O pé cravado no acelerador. O táxi solta um grito de dar dó, fica imóvel por uns dez intermináveis segundos antes de recomeçar a subir a colina. O motorista senta-se de novo, puxa o lenço para enxugar o rosto. Chegamos finalmente ao topo.

— À esquerda — diz secamente minha mãe. — É a terceira casa... Aqui...

O motorista é obrigado a descer para nos abrir as portas, que não abrem por dentro. Tia Renée e eu já estamos na varanda. Minha mãe fica para pagar a corrida. O motorista exige uma compensação porque, diz ele, seu motor quase explodiu. Minha mãe deixa claro que ela, sim, arriscou a vida nesse ferro-velho. É ele quem tem o dever de conduzir seus clientes em um carro decente. O motorista tenta comover minha mãe queixando-se de que tem quatorze bocas para alimentar.

— Preço é preço... por acaso estou pedindo um abatimento pelo fato de eu também ter responsabilidades?

Finalmente, o motorista dá uma arrancada e vira na esquina sem nem reduzir a velocidade. É a sua maneira de protestar.

A casa nova

É uma casa muito mais sólida do que aquela onde morávamos na rua Lafleur-Duchêne. Com todos os quartos no primeiro andar. E são bem espaçosos.

— Estamos bem instaladas aqui — diz tia Renée —, mas o bairro...

— O que tem o bairro? — pergunta secamente minha mãe.

— Você sabe muito bem, Marie.

— O bairro é muito bom — diz minha mãe indo para a sala de jantar.

Acabo de perceber que ela está usando salto alto, o que faz muito raramente por causa dos calos. Ela deve estar sofrendo horrores neste momento. Mas não será de sua boca que escutaremos uma única queixa.

O café

Primeiro, o cheiro. O cheiro do café de Palmes.

O melhor café do mundo, segundo minha avó. Ba passou toda sua vida bebendo esse café.

Aproximo a xícara fumegante do meu nariz. Toda minha infância me sobe à cabeça.

Jogo três gotas de café no chão para saudar Ba.

País sem chapéu

Minha mãe sorri.

— Não se preocupe com a Ba, dou-lhe uma boa xícara de café toda manhã.

— E tem que dar — acrescenta tia Renée —, senão ela mesma se serve.

— É verdade — diz minha mãe sorrindo. — Uma vez, eu me esqueci do seu café. E aí, de repente, tive a impressão de que alguém me arrancava a xícara da mão. Ela estava mesmo brava aquele dia. Pode acreditar que, depois disso, nunca mais me esqueci dela.

— Sim — diz tia Renée —, mas quando a Marie faz um café que não é o de Palmes, ela recusa.

Minha avó partiu para o país sem chapéu já faz quatro anos. Às vezes, tenho vontade de ir visitá-la.

O quartinho
Ele fica bem ao lado da sala. Embaixo da escada. Um minúsculo quarto. Foi aí que Ba quis terminar seus dias.
— Tem duas camas — digo.
— A outra é a minha — corta tia Renée sentando-se nela.
— Minha mãe e a Renée sempre estiveram juntas — diz minha mãe.
— Agora ela está lá, e eu aqui — murmura tia Renée.
— Pedi para a Renée dividir o quarto comigo, mas ela não quer.
— Mas Marie, eu não posso deixar a Ba sozinha...
Minha mãe pisca para mim.

O vestido cinza
Acabo de perceber, pendurado na parede do fundo, o vestidinho cinza com os dois bolsos na frente. Aquele que Ba usava todos os dias. Ela guardava os outros vestidos no armário grande, esperando a ocasião para usá-los. Na verdade, ela não tinha nenhuma intenção de vesti-los, o que entristecia minha mãe.
— Por que você não põe seu lindo vestido azul?
— Vou esperar uma ocasião — respondia Ba, invariavelmente.
— Mas mãe — dizia minha mãe com a voz quase embargada de lágrimas —, você só usa o vestido cinza.
— Quando o visto, Marie, é como se não tivesse nada sobre o corpo... este vestido não pesa nada.
— Todos estes vestidos, mãe, você gostava deles, não?
— Gostava, mas agora só consigo usar o vestido cinza...
— Foi nesse momento — me diz minha mãe — que eu soube que ela ia morrer.

Os objetos

A grande mala embaixo da cama. A mesma velha bacia branca um pouco amassada, sobre a mesinha, para que ela pudesse fazer a toalete antes de se deitar. O copo, perto da bacia, onde ela colocava a dentadura.

— São as únicas coisas que ela quis trazer de Petit-Goâve, além do grande espelho oval e da estátua da Virgem — diz minha mãe com tristeza.

— Temos muito o que fazer, Marie — diz tia Renée.

— É verdade — diz minha mãe —, ele deve estar com fome.

A coisa

Minha mãe sempre se recusou a acreditar que um ser humano normal pudesse engolir a comida que servem nos aviões. E ela nunca viajou de avião. De onde ela tira essas informações? Dos viajantes. Acho que entendo o que ela quer dizer. O CHEIRO. As refeições nos aviões quase não têm cheiro, ou melhor, têm um cheiro sintético. Exatamente o contrário do que os seres humanos deveriam comer. Ainda mais alguém nascido no Caribe, no meio das especiarias.

Sem cheiro, logo sem gosto. O que sobra então? A coisa.

A verdadeira refeição

Elas estão sentadas na minha frente me olhando comer.

— Desde que você ligou para dizer que vinha, a Marie não pregou o olho.

— Estou com dor na perna há alguns dias — desconversa minha mãe esfregando a perna direita.

— É por isso que escuto você zanzar aí em cima a noite toda — dispara ironicamente tia Renée.

O sorriso crispado de minha mãe.

— O que há com a sua perna, mãe?

— Um ciclista me atropelou perto do cemitério.

— E você não foi ao médico?

— Ah! — explode tia Renée —, é o que eu vivo lhe dizendo. Vá ver um médico. Tua mãe tem medo de médico. Quando era pequena, ela urrava quando o doutor Cayemitte lhe dava uma injeção. Com o tempo, Velhos Ossos, aprendi que as pessoas não mudam nunca.

— Chega, Renée — diz minha mãe —, você não o deixa comer.

— É verdade — diz tia Renée —, mas é que faz tanto tempo que não o vejo... Meu Velhos Ossos, até que enfim você está aqui. Pensei que ia morrer sem te ver de novo.

— É o meu prato preferido. Faz realmente muito tempo que não provo uma coisa tão saborosa. Derrete na boca. Obrigado, mãe.

— Não fui eu quem preparou — diz minha mãe —, foi a Renée. Ela acordou muito cedo para cozinhar.

— Que história é essa, Marie? Eu sempre estou de pé muito cedo.

Eu me levanto para buscar um copo de água.

— O que você está fazendo? — pergunta tia Renée com ansiedade.

— Nada. Vou pegar um copo de água.

Minha mãe se levanta de um salto. Corre até a geladeira para me trazer um grande copo de *grenadine*.

— Obrigado, mãe.

— De nada.

Minha mãe sorri. Tia Renée também. Um verdadeiro sorriso. Minha primeira refeição em Porto Príncipe em vinte anos.

Espaguete

Eu sabia que, mais cedo ou mais tarde, ia ouvir essa pergunta.

— O que você comeu nesses vinte anos? — pergunta minha mãe à queima-roupa.

— Não aguento ouvir você dizer "vinte anos", Marie, me corta o coração.

— Mas, Renée, ele passou vinte anos lá.

— Eu sei.

— O que eu comi?

Para compreender a importância dessa pergunta, é preciso saber que a comida é capital na minha família. Alimentar alguém é uma maneira de dizer que o amamos. Para minha mãe, é quase o único modo de comunicação.

— É, como você se virou?

— Espaguete.

Ah! Uma gargalhada feliz! Gostamos muito de espaguete em casa, mas minha mãe acha que não é um prato antilhano. Para começar, não existe refeição que se preze sem arroz.

— Tem arroz lá?

— Tem...

Leve surpresa.

— Tem até porco.

— Sim, mas — dizem as duas em coro — com certeza não tem o mesmo gosto do nosso... Tem gosto de quê? — pergunta minha mãe como se a resposta já não lhe interessasse.

— De nada.

— Como eu imaginava — conclui ela.

— Mas quem cozinhava para você? — arrisca tia Renée.

— Ninguém.

— Como ninguém? — quase urra tia Renée.

— Eu mesmo cozinhava pra mim.

— Coitadinho! — exclama tia Renée.

Minha mãe passa a mão lentamente nos cabelos.

— Não foi tão terrível assim — acabo murmurando.

Lá
Minha mãe nunca diz *Montreal*. Ela diz sempre *lá*.
— Por que você diz sempre *lá*, mãe?
— Ah é?...
— É, até nas suas cartas.
— Porque é lá.
— O nome é Montreal.
— Não sei do que você está falando.
— Vivi lá vinte anos...
— Eu sei que você viveu lá vinte anos.
— Marie compra um calendário todo ano, só para você — revela tia Renée. — Ela faz uma cruz em cada dia que passa.
— Entendo, mas ela pode, pelo menos, dizer Montreal.
— Você não pode pedir isso a ela — diz simplesmente tia Renée.
Minha mãe fica em silêncio.

Um mundo fechado
Afasto um pouco a cadeira para ficar mais à vontade.
— Tira a camisa — diz tia Renée.
— Abre a porta da frente, Renée, faz muito calor a esta hora... Você vai ver, Velhos Ossos, tem um ventinho gostoso aqui...
Tia Renée corre até a porta que dá para a pequena varanda. Reparo em suas pernas frágeis e brancas.
— Virou uma obsessão para a Renée... Ela fecha todas as portas. Cada vez mais, ela se fecha em si mesma.
— Mas ela me parece bem animada — digo.
— É por tua causa. Ela não quer que você veja que envelheceu. Sua saúde também não é mais tão boa. No mês passado, ela caiu duas vezes ao sair do banho. O médico lhe mandou fazer exercícios para fortalecer os músculos.
— E ela faz?

— Faz, sim, devo reconhecer, a Renée faz sempre o que o médico mandou. Por isso, fico menos preocupada.
— E você, mãe?
— Eu o quê?
— Sua saúde?
— Oh, tudo bem...
Sempre esse sorriso crispado. É aí que ela esconde sua dor.

A toalete
Tia Renée encheu de água morna a bacia de Ba.
— A água está boa, tia Renée.
— Ela estava no sol, Velhos Ossos. Eu tinha colocado nela algumas folhas de laranjeira, é bom para relaxar os músculos. Você não sente o cheiro da flor de laranjeira?
Inclino-me para experimentar a água.
— Sinto... Ba me preparava banhos assim quando eu tinha febre.
Lavo o rosto, o peito e as axilas. "Principalmente as axilas", me dizia sempre Ba. Por causa do calor.
Com certeza, meu primeiro banho foi nessa bacia amassada. Passei vinte anos *lá*, para falar como minha mãe. Hoje, tenho quarenta e três.
E Ba já se foi.

A escada
Subo a escada, seguido por tia Renée. Uma escada sólida, mas um pouco escorregadia.
— Ah — diz tia Renée —, se você visse a Marie descer essa escada, ia morrer de rir.
Não vejo do que rir.
— Eu a chamo de macaca, porque desce sentada. Sabe que ela já caiu lá do alto, não? Desde então, não confia nessa escada.

Tia Renée dá risada. Uma risada franca, feliz.
— Estou feliz, tia Renée, que você faça seus exercícios regularmente.
— Quem te disse isso? A Marie! É mesmo uma linguaruda.
— Dói?
— À noite... Você sabe que sua mãe tem sempre dor de dente, isso a incomoda muito.
— Tia Renée, tome cuidado com sua perna, na escada.
— Pelo contrário — me diz ela virando-se com um sorriso cúmplice. — É um esforço que o médico me recomenda.

A viagem
Tia Renée me empurra para dentro de um quartinho, bem no topo da escada.
— Eu não sou como a Marie, adoro viajar.
— E por que você nunca vem me ver em Montreal?
— O avião — murmura.
— Tia Renée, você é mais moderna que isso.
— Sou — responde com um sorrisinho faceiro —, mas não consigo controlar meu medo de avião... Senão, viajaria o tempo todo.
— E aonde você iria em primeiro lugar?
— A Jerusalém.
— Porque é a Cidade Santa?
— Não. Gosto do nome. Jerusalém, você não acha bonito?...
— Acho. Muito bonito.
— Não conte para a Marie o que acabo de te dizer.
— Ora, tia Renée, não há nada a esconder...
— Tenho as minhas razões.

A roupa

Encontro minha mãe passando minha camisa.
— O que você está fazendo? Não é preciso passar, mãe.
— Por quê?
— Ela é assim mesmo... Deve parecer um pouco amassada.
— É a moda, Marie — diz tia Renée. — Você não viu o filho de Dona Jérémie que chegou de Nova York na semana passada? A Marie não se interessa pela moda. Tudo deve continuar como quando ela era moça.
— Entendo — diz minha mãe parando de passar —, não precisa dar palpite, Renée... E desde quando você se interessa por moda?
Um tique nervoso no canto da boca de tia Renée.
— Desde sempre, Marie.
— Bom — digo —, vou lhes pedir que virem as costas...
— Por quê? — perguntam em coro.
— Porque vou me trocar, senhoras.
Brusca gargalhada.
— Isso não nos assusta, hein Marie! — exclama tia Renée com malícia.
Sorriso um pouco embaraçado de minha mãe.
— Escutem, tenho quarenta e três anos...
Nossa! Que será que eu disse para provocar estas gargalhadas em cascata? Tia Renée se joga literalmente na cama. Minha mãe, normalmente tão reservada, faz o mesmo. Acabo trocando de roupa inteiramente diante delas.
— Acho que vou dar uma volta.
Uma sombra encobre, por um breve momento, o rosto de minha mãe.
— Cuidado...
— Ele sabe, Marie... Não comece a chateá-lo com essas coisas. Seu filho viveu em tudo que é lugar do mundo. E

agora, aqui está de volta sem nenhum arranhão... Glória a Deus!
— Glória a Deus! — repete minha mãe.

A prece
Minha mãe hesita um pouco.
— Tenho uma coisa para te pedir, Velhos Ossos.
— Sim...
— Diz para ele, Marie... Você não precisa ter medo do seu filho.
Tempo.
— Eu gostaria que fizéssemos uma pequena prece antes de você sair.
— É uma boa ideia, mãe.
Ajoelhamos no meio do quarto. Foi Ba quem me ensinou minha primeira oração. Uma oração ao Menino Jesus. Eu me lembro da imagem de Nossa Senhora com o Menino Jesus nos braços. No grande quarto, em Petit-Goâve.

De repente, minha mãe e tia Renée erguem os braços aos céus gritando: "Glória ao Eterno! Glória ao Ressuscitado! Bendito seja o seu nome! Aleluia! Aleluia! Aleluia!".

Começam a dançar ao meu redor batendo palmas e cantando: "ELE VOLTOU!".

Só ao cruzar a porta percebi que estavam chorando.

PAÍS SONHADO

Anvant ou monté bois, gadé si ou capab descenn li.
(Antes de subir numa árvore, veja se você é capaz de descer.)

Este calor vai acabar comigo. Meu corpo viveu tempo demais no frio do norte. A descida em direção ao sul, esse mergulho no inferno. O fogo do inferno. Estou todo suado embaixo desta mangueira. O cheiro de uma manga muito madura que acaba de explodir perto da minha cadeira quase me deixa zonzo. Algumas folhas amarelas terminam de se decompor na bacia de água à sombra da laranjeira. Uma água viscosa. Ao longe: o cachorro morto todo coberto de moscas verdes. O barulho incessante de moscas zunindo. O jogo de luz faz as moscas parecerem ora negras ora verdes. Trazem-me uma xícara de café bem quente. Eu me preparo para tomar o primeiro gole.

— Esqueceu o costume, Velhos Ossos?

Deve-se oferecer primeiro aos mortos. Aqui, servimos os mortos antes dos vivos. São nossos antepassados. Qualquer morto torna-se subitamente antepassado de todos os que continuam a respirar. O morto troca imediatamente de modo de tempo. Ele deixa o presente para alcançar ao mesmo tempo o passado e o futuro. Onde você vive, agora? Na eternidade. Lugar bacana! Viro meia xícara de café no chão nomeando meus mortos em voz alta. Ba, que tanto gostava desse café de Palmes que provo neste instante. Borno, o filho de Edmond. Arince, o irmão de Daniel (meu avô). Victoire, a irmã de Brice. E Iram também, o jovem irmão de Ba. Mas principalmente Charles, o ancestral, aquele que fundou a dinastia (sessenta filhos segundo as estimativas mais moderadas). E a cada nome pronunciado, sinto a mesa vibrar. Eles estão aqui, bem perto de mim, os mortos. Meus mortos. Todos aqueles que me acompanharam durante essa longa viagem. Eles estão aqui, agora, ao meu lado, bem perto dessa mesa bamba que me serve de escrivaninha, à sombra da velha mangueira carcomida por doenças que me protege do terrível sol do meio--dia. Eles estão aqui, eu sei, estão todos aqui me olhando trabalhar neste livro. Sei que me observam. Eu sinto. Seus rostos roçam-me a nuca. Eles se inclinam com curiosidade por cima dos meus ombros. Eles se perguntam, levemente inquietos, como vou apresentá-los ao mundo, o que direi deles, eles que nunca deixaram esta terra desolada, que nasceram e morreram na mesma cidade, Petit-Goâve, que só conheceram estas montanhas peladas e estes anófeles cheios de malária. Estou aqui, na frente dessa mesa bamba, debaixo dessa mangueira, tentando falar uma vez mais da minha relação com este incrível país, do que ele se tornou, do que eu me tornei, do que nós todos nos tornamos, desse movimento incessante que pode até nos enganar e dar a ilusão de uma inquietante imobilidade.

PAÍS REAL

*Cabrit dit: Mouin mangé lanman,
cé pas bon li bon nan bouche mouin pou ça.*

(O cabrito diz: se eu como da erva-moura,
não é porque seja gostosa.)

A paisagem
Saí sem objetivo preciso, a não ser o de estar fora, de sentir em meu rosto o velho vento do Caribe. Aqui estou só, neste instante. Quantas vezes sonhei com este momento? Sozinho em Porto Príncipe. Sem razão, viro à direita e chego ao topo do morro Nelhio. A cidade, aos meus pés. Os ricos moram nas encostas das montanhas (as montanhas Negras). Os pobres ficam amontoados na parte baixa da cidade, ao pé de uma montanha de imundícies. Os que não são nem ricos nem pobres ocupam o centro de Porto Príncipe.

Ao longe, a ilha de La Gonâve.

Os números
56% da população ocupa 11% do território.
33% da população ocupa 33% do território.
11% da população ocupa 56% do território.

O cemitério
Bem ao pé do morro Nelhio, o cemitério de Porto Príncipe, como uma porção de diamantes brutos.

É o ponto de encontro de todos.

A guerra
Foi o que aconteceu nestes vinte anos com a habitação. A guerra. A população de Porto Príncipe aumentou muito com a permanente chegada de emigrantes, de todas as cama-

das sociais. Esse movimento provocou um pânico geral na cidade. Os burgueses tradicionais de Porto Príncipe se refugiaram maciçamente nas montanhas. Na classe média, a população quintuplicou, enquanto o espaço continuou o mesmo. Instalou-se uma feroz dança das cadeiras. E quem perdeu o lugar foi parar *ipso facto* no deus nos acuda de Martissant.

A fronteira

Nossa nova casa (a que ocupamos hoje, depois de ter perdido nosso lugar na rua Lafleur-Duchêne) fica bem na fronteira. Do alto do morro Nelhio, dando uma rápida olhada à esquerda, pode-se facilmente ver a multidão barulhenta e suada de Martissant. O inferno de Martissant, como diz minha mãe.

O medo

Em suas cartas, minha mãe sempre me fala do problema do aluguel. Seu medo de acabar, um dia, em Martissant. É uma casa alugada, e o proprietário, que vive em Nova York, ameaça minha mãe, pelo menos uma vez por mês, dizendo que vai voltar para desfrutar de sua aposentadoria em Porto Príncipe. No seu lar. Na casa dele. Minha mãe seria obrigada a mudar-se. Pra onde? Ela não ousa nem mesmo pronunciar a palavra Martissant. A caldeira de Martissant.

— Renée não sobreviveria nem quarenta e oito horas em Martissant — deixa escapar minha mãe.

Nosso bairro

Quando perdemos o bairro, perdemos tudo. Um ambiente onde ficamos à vontade, amigos que com o tempo se tornaram quase parentes, os mercadinhos que vendem fiado depois que conquistamos a fama de bons fregueses, a escola dos filhos cuja diretora conhecemos, o cinema ali do lado.

— E a Renée que diz que poderia viver em Martissant,

ela que corre para lavar as mãos quando cumprimenta alguém, mesmo que de longe — conclui minha mãe.

O cheiro
O problema não é tanto a multidão. É o cheiro. Por volta de cem mil pessoas concentradas em um espaço estreito sem água corrente.

Nem ouso dizer a minha mãe que Martissant está longe de ser o pior bairro de Porto Príncipe.

A higiene
Tia Renée é tão branca quanto uma negra pode sê-lo sem ser de fato branca. Ela não é, no entanto, mulata. Todas as suas irmãs são negras. Exceto tia Raymonde. Tia Renée tem ideias muito precisas sobre higiene. Acha que é a falta de higiene que torna algumas pessoas tão negras.

— Mas, Velhos Ossos, ele não é tão preto assim naturalmente.

— É a cor dele, tia Renée.

— Eu sei que ele é negro, é um haitiano, mas veja, Velhos Ossos, é escuro demais. Ninguém pode ser tão preto... É porque ele não se lava, sem dúvida.

— Como assim, tia Renée? Um branco, mesmo que não se lavasse, não viraria negro.

— Viraria, sim. Seria negro de sujeira.

Tia Renée tem mania de limpeza.

— Ela acha — cochicha minha mãe — que, se a gente for para Martissant, vai ficar preta em menos de dois anos, mas eu sempre lhe digo para não se preocupar porque ela não sobreviveria nem quarenta e oito horas lá.

PAÍS SONHADO

Cé pas toute mort qui ouè bon Dieu.
(Não são todos os mortos que veem o bom Deus.)

Um ventinho chato levou minhas folhas. Recolho-as rapidamente, faço uma pilha e coloco uma pedra em cima. Escrevo, sem camisa, em Carrefour-Feuilles, em pleno território *bizango*.[2] Ouço minha mãe contar à vizinha que viu um *bizango*, há quase um mês, descendo o morro Nelhio, bebendo sangue e berrando cantos obscenos. O corpo coberto de cinzas, nu, indecente, o sexo à mostra, os olhos vermelhos, a boca cuspindo fogo, à procura de uma nova vítima na noite escura. Minha mãe precipitou-se para o interior da casa, rapidamente fechou as portas e apagou todas as luzes antes de se deitar de barriga para baixo no meio do salão. Ela afirma não ter falado disso a ninguém até hoje. Minha mãe vira-se e percebe que estou interessado em sua história. Não pelas razões que ela pensa. O que me toca é sua capacidade praticamente ilimitada de reviver seus medos noturnos. A noite existe neste país. Uma noite misteriosa. Eu, que acabo de passar cerca de vinte anos no norte, tinha quase esquecido esse aspecto da noite. A noite negra. Noite mística. E só de dia podemos falar do que aconteceu à noite. Vem ao espírito a famosa interrogação de Thales. Quem chega primeiro: a noite ou o dia? E Thales decide: a noite está um dia na frente. É

---

[2] Entidade fabulosa da mitologia haitiana. Homem dotado de poderes diabólicos, antropófago de hábitos noturnos que, antes de iniciar suas caçadas, despe-se da própria pele, o que lhe permite voar. (N. da T.)

como se dois países caminhassem lado a lado, sem jamais se encontrar. Um povo humilde se debate de dia para sobreviver. E esse mesmo país, à noite, é habitado somente por deuses, diabos, homens transformados em bestas. O país real: a luta pela sobrevivência. E o país sonhado: todos os fantasmas do povo mais megalomaníaco do planeta.

— Você sabe, Velhos Ossos, este país mudou.
— Pude notar, mãe.
— Não como você pensa. Este país realmente mudou. Chegamos ao fundo do poço. Já não são seres humanos. Podem até manter a aparência, e mesmo assim...

Percebo que minha mãe fala como se temesse que alguém mais a escutasse. Mas não há ninguém perto de nós. A vizinha foi tratar de seus afazeres.

— Em todo caso — conclui —, desconfie. Eles andam por aí noite e dia.
— De dia também?
— Também. À noite, são *bizangos*. De dia, *zenglendos*.[3] Às vezes, já nem sabemos se é de dia ou de noite.
— E o que fazemos?
— Fechamos as portas ao meio-dia.
— Ah! é por isso que as venezianas estão sempre fechadas? — perguntei para tia Renée, que fingiu não entender.
— Sei que você não dá ouvidos a ninguém... (Tempo)... Mas me ouça pelo menos desta vez: eu não deixei este país, nem por um minuto, por isso sei do que estou falando. Desconfie deles. Desconfie deles noite e dia.
— E como é que eu vou distinguir uns dos outros? — pergunto, levemente irritado por notar que minha mãe envelheceu.

---

[3] Sinônimo de criminoso, o termo foi cunhado durante a onda de violência do final dos anos 1980. Deriva de *zenglen*, nome dos membros da polícia secreta do Imperador Faustin I (1849-59). (N. da T.)

Nesse momento, ela parece ter medo da própria sombra.
— Você vai distinguir... Eles não têm alma.
— E como vou saber disso?
— Porque você tem uma alma.

Um instante de silêncio vagamente desconfortável. Sinto que minha mãe está refletindo.
— Qual é o problema, mãe?
— Não, nada — diz ela olhando com olhos inquietos, à direita e à esquerda.
— Sinto que alguma coisa te perturba, mãe.
— Sim — acaba confessando —, eles são tão espertos que podem muito bem fazer você acreditar que são seres vivos.
— Não entendo. Você está falando sério, mãe? Você acredita mesmo nessas coisas?

Minha mãe faz um movimento brusco, como se uma descarga elétrica acabasse de lhe atravessar o corpo.
— Eu creio no Eterno — responde com orgulho.
— Então, quem são essas pessoas?

Uma sombra passa lentamente pelo rosto de minha mãe. Vejo sua mão se fechar rapidamente sobre o pedaço de tecido que ela não para de amarrotar. Cetim azul. Azul de Maria.
— O exército dos zumbis — murmura, finalmente. — São dezenas de milhares. Os sacerdotes vodus vasculharam o país de norte a sul, de leste a oeste. Vasculharam todos os cemitérios do país. Despertaram todos os mortos que dormiam o sono dos justos. Em toda parte — minha mãe abre os braços amplamente e aponta em todas as direções. — No Borgne, em Port-Margot, Dondon, Jérémie, Cayes, Limonade, Petit-Trou, Baradères, Jean-Rabel, Petit-Goâve, sim, Petit-Goâve também... Foram procurar mortos até mesmo no pico Brigand, no maciço do norte.

Minha mãe para um momento para tomar o fôlego. Lança-me olhares intensos, tentando ver o efeito de suas palavras sobre mim. Devo ter um ar fascinado, uma vez que ela continua com um leve sorriso no canto da boca.

— Eles realmente foram para todo lado. Nós os ouvíamos à noite, quando entravam em Porto Príncipe.

— Quem?

— Você não estava me ouvindo?! Filas de pessoas andando de cabeça baixa, resmungando histórias pavorosas num patoá incompreensível.

— Então, agora não resta um só morto nos cemitérios do Haiti — exclamo num tom levemente irônico.

— Não... Sim... Sim, ainda deve haver alguns defuntos neste país — diz com tanta candura que logo me arrependo do meu tom gozador.

— Felizmente...

— É... parece — continua minha mãe — que não se pode fazer voltar à Terra alguém que está ocupado... As pessoas colocam nas mãos do morto, quando desconfiam que sua morte não é natural, um carretel de linha e uma agulha sem olho, e lhes pedem para enfiar a linha na agulha. É assim que a gente mantém um morto ocupado. Sempre fizemos isso na nossa família. Quanto a eles, estou sossegada. Com certeza, não conseguiram incomodá-los.

Vejo todos esses mortos ocupados em enfiar a linha na agulha sem olho, pela eternidade.

— Então meu avô está ocupado tentando enfiar a linha na agulha sem olho — sinto um frio na espinha — até o fim dos tempos.

— Até a Ressurreição — completa com orgulho. — Só Deus pode despertá-lo... Eu não tenho mortos para entregar a esses bebedores de sangue, para fazerem seus trabalhos diabólicos.

Minha mãe me olha, desta vez direto nos olhos.

— Você não imagina o que vivemos. Não podíamos nem mais ir ao cemitério. Estava vigiado pelos militares. Zona reservada. Claro, o governo não queria que soubéssemos que os cemitérios estavam praticamente vazios.

— Eles vigiavam o quê? — pergunto finalmente.

— Era para desviar a atenção... Para não descobrirmos o segredo. Na realidade, eles vigiavam o vazio. O nada. Um cemitério sem mortos. A Dona Lucien, você se lembra dela? Então! ela tinha um morto no cemitério de Léogâne, um de seus tios, homem tranquilo, generoso, que ela consultava de tempos em tempos...

— No tempo em que ele estava vivo?

— Não, estou falando do morto. Esse morto costumava fazê-la ganhar um bom dinheiro na loteria, não fortunas, mas o suficiente para sobreviver nesse tempo de penúria. Então! Dona Lucien conseguiu entrar no cemitério, uma noite, e achou dentro do caixão, no lugar do morto, adivinha o quê?

— Não tenho ideia, mãe.

— Um tronco de bananeira. Um tronco de bananeira dentro do caixão. Ela ficou sem voz durante uma semana. Já pensou? Um tronco de bananeira! E sabe-se lá há quanto tempo ela rezava para esse tronco de bananeira. Coitada, ficou completamente desnorteada.

Uma manga cai, quase aos pés de minha mãe. Ela nem pisca. Está longe.

— As pessoas morreram — conclui ela —, e se recusam a deixá-las descansar em paz. Antigamente, o cemitério era o único lugar seguro no Haiti. Agora a gente se pergunta se vale a pena morrer neste país.

PAÍS REAL

Pati pas di ou rivé pou ça.
(Partir não quer dizer que você chegou.)

Brincadeira

São quatro ou cinco garotos de doze a catorze anos, sentados em um murinho, debaixo de uma amendoeira, conversando, provocando-se, rindo (gritinhos agudos de meninas bolinadas). Vou sentar, em frente, em um banquinho perto da vendedora de amendoim para vê-los, fingindo não me interessar por eles. Dou a impressão de me interessar mais pela pipa, bem acima da cabeça deles. Agora, brincam de pular do murinho. O que está sem camisa me parece o mais forte. Não necessariamente o mais velho. A brincadeira torna-se cada vez mais brutal. As risadas, mais roucas. Algumas disputas corporais. Um deles é agarrado pela gola. Barulho de tecido se rasgando. A brincadeira para instantaneamente. Tudo fica como que em suspenso. O que está sem camisa desculpa-se longamente. O outro, mais desesperado que bravo, desce do murinho para ir embora, cabisbaixo.

A tarde

Nas ruas, a vida continua. Um engraxate me oferece seus serviços.

— Patrão, aposto que o senhor vai visitar uma garota. É a primeira coisa que a mãe dela vai reparar.

— O quê?

— Os sapatos... Se estiverem bem limpos, tudo bem.

— É a moça que eu quero agradar.

— Ah, patrão! Não me venha com essa, o senhor sabe muito bem que se a mãe não gostar...

— Você realmente acha que esse tipo de relação ainda existe nas famílias?

— Lá aonde o senhor vai, acredito, patrão, pois o senhor me parece um homem de bem... Então, patrão, vai me deixar ganhar um trocado ou será que estou gastando minha saliva à toa?

— OK, mas seja rápido.

— Ah, não! isso nunca. Eu vou usar meu tempo para fazer um bom trabalho pra que toda tarde o senhor venha parar no meu ponto.

— Toda tarde!

— Patrão, não posso garantir uma limpeza eterna com esse monte de poeira branca nas ruas.

— Não pragueje contra a poeira, seu negócio depende dela.

Ele ri dando alguns golpes secos com a escova na lata de graxa.

— Acabou de chegar, patrão?

— Como é que você sabe?

— Patrão, dá para ver, tá na cara. Posso lhe dar um conselho?

— Vá em frente.

— Mude a data da sua volta e vá embora amanhã logo cedo.

— Por quê? Eu estou no meu país.

O engraxate balança lentamente a cabeça.

— O país mudou, meu amigo. As pessoas com quem se cruza na rua não são todas seres humanos, hum...

— Por que você diz isso? E você?

— Eu?! (ri)... Eu?! Faz muito tempo que morri... Vou lhe contar o segredo deste país. Todo mundo que a gente vê nas ruas andando ou falando, pois é! a maioria morreu há muito tempo e não sabe. Este país virou o maior cemitério do mundo.

— Você está falando do caso dos zumbis? — digo bem baixinho para não comprometê-lo.

— É tudo o que eu tenho a dizer... Se fossem seres humanos de verdade — continua —, acha que sobreviveriam a essa fome, a todo esse monte de imundícies que se encontra em cada esquina...? E, além disso, o senhor não vê que todas as outras nações estão no país? (Ele se refere aos soldados das Nações Unidas que ocupam as ruas de Porto Príncipe.) O que o senhor acha que eles estão fazendo? Pesquisas, meu amigo. Eles vêm aqui para estudar quanto tempo o ser humano pode ficar sem comer nem beber. Mas eles não sabem que já estamos mortos. Os brancos só querem acreditar naquilo que conseguem entender. Então, vá embora enquanto é tempo.

— Obrigado pelo conselho.

Dirijo-me tranquilamente ao Hospital Geral.

— Patrão...

Ouço um barulho de passos atrás de mim.

— Patrão, o senhor me esqueceu... ainda não é grátis...

— Oh! me desculpe, estava com a cabeça na lua...

— Obrigado, patrão, e não se esqueça do meu conselho... Deixe este país o mais rápido que puder.

O relógio de pulso

A multidão caminha bem no meio da rua. As pessoas andam em todos os sentidos. Várias vezes, viram-se bruscamente e voltam pelo mesmo caminho. É a quarta vez que cruzo com esse homem. Ele me olha como se fôssemos velhos conhecidos. Quando voltamos para casa depois de tantos anos de ausência, temos medo de não reconhecer um velho amigo. Então ficamos como que em estado de alerta. Mas esse aí... não consigo, apesar de tudo, ligar um nome a seu rosto. Agora ele se aproxima de mim.

— O senhor não quer este relógio de ouro?

— Por quê?

— O senhor não tem relógio, pelo que estou vendo.

— Não me interessa saber as horas.

— Tome, este relógio é seu por apenas cinquenta dólares.

— E o que vou fazer com um relógio, já que aqui, de qualquer jeito, ninguém chega na hora em lugar nenhum?

Ele hesita um momento, um pouco como um jovem boxeador impetuoso demais que acaba de receber um sólido soco no plexo.

— OK, fique com ele por dez dólares. Faço isso para o senhor porque quero que tenha um relógio.

— Se por acaso eu precisar absolutamente saber as horas, só preciso perguntar para alguém. Olhe, senhor, todo mundo tem um relógio nesta cidade — digo continuando meu caminho.

— O senhor é teimoso, dá pra perceber... Cinco dólares... Eu comprei por vinte, mas dou por cinco. Veja, aceito perder quinze dólares.

— Escute, está perdendo o seu tempo. Não vou comprar.

— Tome — diz ele, olhando-me dentro dos olhos — é um presente... (Tempo...) O senhor me dá quanto quiser.

Finalmente, eu lhe dou um dólar recusando o relógio. Só para me livrar dele. Esses caras sempre acabam conseguindo.

O carro

Um carro investe contra a multidão compacta, perto do cemitério. O acidente parece inevitável. Fecho os olhos. Espero o choque. Abro os olhos a tempo de ver as pessoas desviarem no último segundo e deixarem o carro passar raspando. Não ouço nenhum protesto da parte dos pedestres. Pude observar o rosto do motorista, e ele parece bem tranquilo. Nenhum problema. No fundo, tem sua lógica: como as calçadas já não bastam, as pessoas se habituaram a caminhar pela rua. Então, quando um carro se aproxima, desviam-se calmamente.

A tauromaquia

Comparo isso a uma verdadeira cena de tauromaquia. O carro seria o touro investindo contra a multidão. A multidão, o toureiro. Às vezes, acontece de os chifres do touro afundarem no ventre do toureiro. O sangue. Os urros. Se o motorista não tem presença de espírito para fugir nos primeiros segundos de estupor, a multidão o faz sair do carro e o abate ali mesmo.

O calango verde

Vi um clarão verde. Não me desviei rápido o bastante. Alguma coisa se agarra a minha camisa. Fico lívido. Meu coração quase sai pela boca. Não ouso nem ver o que é. Aqui, na minha camisa: um calango verde. Eu o olho. Ele me olha. Seus olhos são vivos. A cabeça alongada. A cauda quase tão comprida quanto o resto do corpo. Que será que ele está vendo para olhar desse jeito? Será que sabe que acabei de chegar, hoje mesmo? Será que sabe quanto tempo passei lá? Será que sabe ao menos que não há calangos lá onde eu estava? Tantas emoções, sensações, impressões em um tempo tão breve (dez a doze segundos). De repente, ouço um barulho seco. Ele acaba de saltar para a calçada, lá está escapulindo pelo mato para alcançar uma árvore, perto da cerca. Eu o vejo trepar rapidamente na árvore e parar bruscamente no meio para fazer o número de inflar a garganta, em seguida vira lentamente a cabeça para mim.

Um encontro

Como esse calango consegue viver em uma cidade onde o mato se tornou tão raro? O barulho do calango se insinuando no mato alto. Uma emoção da minha infância. E mais: como será que ele faz para ficar assim verde e musculoso? Pelo jeito, se vira bem. Lá está ele descendo da árvore para escapar por aí. A impressão precisa de que tudo foi coordenado de maneira que eu chegasse a tempo de ver esse calango. O objetivo secreto da minha viagem.

PAÍS SONHADO

Moune mouri pas connin prix cercueil.
(Os mortos não sabem o preço dos caixões.)

Ah! eu me lembro desse exército de zumbis que o velho presidente tinha ameaçado lançar contra os americanos se eles ousassem pôr os pés em solo haitiano. O general do exército morto. Eu me lembro muito bem desse episódio. Eu estava em Miami, na época, e o *Miami Herald* transcreveu as palavras do velho presidente. Onde estava, então, esse exército quando os americanos desembarcaram?

De repente o rosto de minha mãe fica sombrio.

— Ele estava lá — ela acaba articulando. — Ele esperou as ordens. Finalmente, o velho presidente fez um pacto com o jovem presidente americano. O exército americano ocupará o país durante o dia. À noite, o país será entregue ao exército dos zumbis.

Nova política. Em vez de separar o espaço territorial — os americanos ocupam o norte, o noroeste, o centro e o oeste, e os haitianos, o sul do país (como foi decidido) —, eles finalmente optaram por uma divisão do tempo.

O tempo. Não o espaço. O espaço é muito visível para a imprensa internacional. O tempo é invisível. Começo a compreender e a apreciar ao mesmo tempo esse curioso pacto. Então os soldados americanos voltam para suas casernas, à noite. No mesmo momento, o exército dos zumbis se prepara para sair. Claro como o dia. É preciso dizer que o único pavor do soldado americano — como esse jovem soldado de Ohio —, era circular na noite haitiana. Todos eles ouviram falar do vodu antes de chegar a Porto Príncipe, e todos têm medo de enfrentar o inimigo invisível cujo riso congela os ossos. De dia, são apenas pobres negros mal equipados — sua arma mais recente data da Segunda Guerra Mundial — mas à noite...

— Sim, mãe, acho essa divisão de trabalho perfeita. O dia para o Ocidente. A noite para a África.

Minha mãe fica em silêncio por um breve instante.

— Seria bom — murmura finalmente —, se eles não saíssem também de dia.

— Eles quem?

— O exército dos zumbis... Talvez você esteja brincando, Velhos Ossos, mas é sério o que estou dizendo. Dá uma volta no cemitério, que você vai ver.

— Escuta, mãe, se eles fazem isso, quer dizer que romperam o trato em relação ao tempo (o dia para eles, a noite para nós), e aí os americanos não vão demorar a atacar.

— Os americanos, meu filho — diz minha mãe com um sorriso no canto da boca —, não sabem nem distinguir um negro instruído de um negro analfabeto, e você lhes pede agora para fazer diferença entre um negro morto e um negro vivo.

— Aí — confesso — você tem razão, mãe.

O sorriso radiante de minha mãe.

— Mas fique sabendo que seu filho também vai ter uma certa dificuldade para perceber a diferença...

Minha mãe tira prontamente um pequenino espelho do bolso e me dá.

— Os zumbis não têm reflexo — conclui.

O que é completamente falso, aliás, uma vez que um zumbi não é um fantasma nem um espectro.

— Escuta, mãe, mesmo assim, eu não posso fazer um teste do tipo "Você é um morto ou um vivo?" para cada pessoa que cruzar na rua.

— Só se você tiver dúvidas, Velhos Ossos.

— OK, mãe, eu prometo usar teu espelhinho.
De repente, ela dá uma olhada em minha mesa.
— Ah! você estava trabalhando...
Vejo a nuca frágil de minha mãe.

PAÍS REAL

*Bon Dieu tellement connin ça li connin,
li bail chien malingue deyè tête li pou li pas capab niché'l.*
(O bom Deus é tão esperto, que pode pôr uma ferida
atrás da cabeça de um cachorro para que ele não seja capaz de lambê-la.)

O cheiro

O que impressiona primeiro é o cheiro. A cidade fede. Mais de um milhão de pessoas vivendo em uma espécie de lodo (mistura de lama preta, de detritos e de cadáveres de animais). Tudo isso debaixo de um céu tórrido. O suor. Mija-se em todo lugar, homens e animais. Esgotos a céu aberto. As pessoas cospem no chão, quase no pé do vizinho. Sempre a multidão. O cheiro de Porto Príncipe tornou-se tão forte que elimina todos os outros perfumes individuais. Toda tentativa pessoal torna-se impossível nessas condições. A luta é por demais desigual.

O nariz

Antigamente, era mais fácil distinguir a origem social das pessoas desta cidade. Só pelo nariz. Mesmo se vivessem há muitos anos em Porto Príncipe, os camponeses mantinham ainda colado à pele esse odor vegetal. Pareciam árvores que andam. Eu conhecia uma jovem camponesa que cheirava a canela. Está certo, concordo, o centro sempre cheirou a gasolina. Nos bairros populares — Martissant, Carrefour, Bolosse, Bel Air —, usavam-se principalmente os perfumes baratos, como *Florida*, *Bien-être*, *My dream*. Um pouco mais acima (em todos os sentidos da palavra), serviam-se de água-de-colônia. E as damas dos bairros residenciais perfumavam-se com Dior, Nina Ricci, Chanel, Guerlain.

Minha mãe podia ir à falência para comprar o que ela chamava um bom perfume, na Biggio.

A pele

Essa poeira fina na pele das pessoas que circulam nas ruas entre meio-dia e duas horas da tarde. Essa poeira levantada pelas sandálias dos vendedores ambulantes, dos que passeiam, dos desempregados, dos alunos dos bairros populares, dos miseráveis, essa poeira dança no ar como uma nuvem dourada antes de pousar lentamente sobre os rostos das pessoas. Um tipo de talco.

Era assim que Ba me descrevia as pessoas que viviam do lado de lá, no país sem chapéu, exatamente como estes com quem cruzo no momento. Descarnados, longos dedos secos, os olhos muito grandes nos rostos ossudos e, sobretudo, essa fina poeira sobre quase todo o corpo. É que a estrada que leva ao lado de lá é longa e poeirenta. Essa opressiva poeira branca.

O lado de lá. É aqui ou lá? Aqui já não seria lá? É essa a minha investigação.

PAÍS SONHADO

Sèl couteau connin ça qui nan cœur gnanme.
(Só a faca sabe o que se esconde no coração do inhame.)

Fui à Faculdade de Etnologia encontrar o professor J.--B. Romain. Quero saber que história é essa exatamente. O doutor J.-B. Romain é um homem comedido, muito cortês. Ele me recebeu em seu escritório estreito submerso em papelada, em esculturas africanas, em estatuetas pré-colombianas e em mapas marítimos datando da época gloriosa dos flibusteiros.

Pergunto sem preâmbulos:

— Professor Romain, o que o senhor sabe sobre o exército de zumbis?

— Ah! — diz erguendo os braços —, não passa um dia sem que um jornalista holandês, coreano ou americano venha me entrevistar sobre esse assunto.

— E então, professor?

— Então o quê?

— Será uma fofoca de velhotas?

Ele se levanta e começa a caminhar em seu minúsculo escritório.

— Naturalmente, eu não posso falar com você como falo aos jornalistas estrangeiros que só pensam em divertir seu público com suculentas histórias de mortos-vivos.

— Nós as conhecemos, professor...

— Bom... Por onde começar? Ah, sim! tudo começou no noroeste do país. Uma pequena revolta camponesa, digo pequena por causa do número de pessoas envolvidas. Por ser o noroeste a região mais desfavorecida do Haiti, esse tipo de incidente é bem frequente lá. Quando a gente pensa que só choveu quatro dias no ano passado! Lá, os camponeses se alimentam de folhas de mangueira ou de outras árvores frutíferas. Bem, uma manhã, eles se revoltam contra o grande senhor da região, um certo Désira Désilus. É preciso dizer que esse homem é dono de metade das terras. E, sobretudo, da água. A água, como que por acaso, passa em suas terras. Velhas histórias agrárias. Então, Désira Désilus manda chamar uma meia dúzia de policiais dos quartéis de Port-de-Paix para matar a revolta no ovo, como dizem. Os soldados chegam e, como sempre, não se dão ao trabalho de informar-se para realmente compreender a situação. Eles mandam os camponeses embora. Os que se recusam, puxam seus machetes. Então os soldados abrem fogo, à meia altura. Uma vez, duas vezes, três vezes. Os camponeses continuam avançando na direção deles. Os soldados atiram ainda uma vez, antes de fugirem. Eles voltam para Port-de-Paix para fazer um relatório. Esse relatório é encaminhado para Porto Príncipe, e é um superior, o major Sylva, que sinaliza ao presidente o caráter estranho desse acontecimento. O velho presidente manda vir a Porto Príncipe o comandante dos quartéis de Port-de-Paix para obter dele explicações mais detalhadas.

— E como o comandante explicou esse fenômeno?
— Ele repetiu os fatos ao velho presidente: esse grupo de camponeses que parece ignorar o horror do sofrimento e até a paz da morte.
— Sim, mas deve haver mais detalhes...
— Claro, mas o resto é segredo de Estado.
— Professor, o senhor me deixa curioso.
— Eu só posso revelar-lhe mais um único fato... Parece que um dos soldados reconheceu um camponês.
— E...?
— E, segundo o soldado, esse homem estava morto há muito tempo.

— Então, era um zumbi.
— É isso.
— Mas isso não é uma novidade no Haiti, professor. E também não é a primeira vez que proprietários de terra fazem trabalhar zumbis em seus campos.
— Sim, mas é a primeira vez que se assiste a uma revolta de zumbis... Geralmente, o zumbi não tem nenhuma vontade. Ele nem chega a manter a cabeça ereta. Ele só obedece.
— E nesse caso, o que era?
— É segredo de Estado... Na mesma região, aconteceu algo mais estranho ainda...
— Ah, é?
— É o professor Legrand Bijou, um psiquiatra, que está cuidando desse caso. Bem, devo deixá-lo, caro amigo. Tenho um encontro com o major Sylva em vinte minutos.
— Uma última pergunta, professor.
— Sim...
— Será verdade que o velho presidente levantou um exército de zumbis para enfrentar o exército americano?
— Tire as conclusões que quiser — diz cruzando a porta.

PAÍS REAL

Bèl fanm, bèl malè...
(Bela mulher, belo perigo...)

A pedinte
O vestido negro. Um sorriso triste. Parece irmã de minha mãe.
— Posso falar com o senhor?
— Claro, senhora.
Ela me leva para um canto, perto da farmácia Séjourné.
— Eu não queria incomodar...
— A senhora não está me incomodando, absolutamente.
— Estou desesperada... O senhor tem algum tempo?
Ela parece estar realmente tensa.
— Tenho todo tempo do mundo, senhora.
— Obrigada... Deus vai recompensá-lo... Bem, é o seguinte, eu não quero, apesar de tudo, tomar seu tempo. (Um sorriso crispado, o mesmo de minha mãe.) É sobre o meu aluguel. Eu alugo esta casa, há dez anos, dia após dia, cada mês. Tudo sempre esteve em ordem. Meu marido trabalhava na Saúde Pública como inspetor sanitário. Não sei por quê, um dia, vieram algemá-lo em seu escritório e, até hoje, jamais revi seu corpo. (Ela ergue seus braços frágeis para o céu.) Senhor... (Ela me segura pelo braço.) Nem sei se ele está vivo ou morto. É assim que agem com as pessoas da nossa condição neste país. Em seguida, há alguns meses, perdi meu emprego. Não era grande coisa, mas me ajudava a pagar algumas continhas. Mas agora, faz três meses, não tenho nada.

Eu não posso nem mesmo pagar meu aluguel e a escola de minha filha. Minha filha, senhor, talvez eu seja feia, mas se o senhor visse minha filha, é um dom de Deus, ela é tão bonita quanto gentil. Por que fui falar disso! Bem, a proprietária veio, faz alguns dias, pedir para eu sair. Eu lhe expliquei que só estou atravessando uma fase difícil, mas que ela terá seu dinheiro no começo da semana que vem. Senhor, eu tenho vergonha de dizer o que faço para arrumar esse dinheiro. Como pode constatar, não sou mais tão jovem. Então, a proprietária voltou na semana passada, eu lhe dei o dinheiro, mas faltavam alguns trocados. Ela se recusou a pegar o dinheiro, apesar de minhas súplicas. Implorei em vão sua piedade, lembrei-lhe que sempre paguei meu aluguel nos últimos dez anos. Como resposta, ela me deu um tapa na cara. Sim, senhor. (Ela chora.) Eu não fiz nada por causa de minha filha. Não queria vê-la na rua. Ela tem dezessete anos. É tão bonita, tão bonita quanto gentil. Eu digo a mim mesma, se por acaso ela encontrasse uma pessoa de bem, poderia continuar na escola. Ela adoraria ser enfermeira.

— Tenho certeza que conseguirá...

A mulher sorri para mim. Um sorriso triste e amigável.

— Me tranquilizaria muito vê-la com o senhor.

— O quê? Mas a senhora não me conhece.

— Meu coração me diz que o senhor é uma boa pessoa.

— Desculpe-me, mas acho que não estou entendendo muito bem...

Ela toca lentamente meu pulso.

— Eu quero lhe dar minha filha.

— Um momento, a senhora tinha falado antes de um problema de aluguel.

— Sim, mas é minha filha que importa.

— E quanto ao aluguel?

— Eu vou me virar de outro jeito. Para mim, acabou. Acabou desde que meu marido desapareceu. Se ainda estou viva, é unicamente porque não quero deixar minha filha só. É unicamente isso que me mantém viva.

— E sua filha, ela está na escola neste momento?

Um silêncio. Ela tem de novo o sorriso crispado que a faz parecer tanto com minha mãe.

— Não, ela está comigo. Do outro lado da rua.

— Quem é?

— Ela... Aquela que está de amarelo.

— Meu Deus!

— É o que todo mundo diz quando a vê.

Nossa Senhora, como é possível ser tão linda? Quanta graça!

— A senhora quer — termino por dizer — uma ajuda para pagar seus estudos?

— Senhor, eu quero que a salve... Esta garota teve a infelicidade de ser bonita e pobre neste país. Não lhe darão nenhuma chance. Eu a levo sempre comigo para que não a vejam. Senão, eles me matarão para pegá-la. Não teria importância eu morrer, acredite, mas eu não quero deixá-la para eles, não ela, veja senhor, o coração dela é puro, não consigo dormir pensando nessas bestas sedentas de sangue que a espreitam... O perigo está em todo lugar. Mesmo o senhor está em perigo.

— Como assim?

— O senhor tem um bom coração. Eu sinto, senão já teria arrumado um pretexto para se livrar desta velha louca. Atenção, senhor, o mar está cheio de tubarões... E ela, senhor, pode imaginá-la sem proteção?

Realmente.

— Não posso fazer isso, senhora... Ah...

Ela abaixa a cabeça, em seguida subitamente, coloca a mão no bolso para tirar uma pequena medalha da Virgem que ela me estende.

— Maria esteja convosco.

— Obrigado.
— Mais uma vez, senhor, atenção... Boas máscaras estão misturadas com máscaras más, mas todos usam uma máscara.
Eu olho as duas indo embora. Mãe e filha.

PAÍS SONHADO

Cé vié chaudiè qui cuitte bon mangé.
(É a panela velha que cozinha a boa comida.)

A língua
Mergulho de cabeça nesse mar de sons familiares. Uma melodia conhecida que cantarolamos facilmente, mesmo se há muito não ouvimos a canção. Confusão de palavras, de ritmos na cabeça. Eu nado sem esforço. A palavra líquida. Não procuro entender. Enfim, meu espírito descansa. Parece que as palavras foram mastigadas antes de me serem servidas. Nenhum osso. Os gestos, os sons, os ritmos, tudo faz parte da minha carne. O silêncio também.
Estou em casa, quer dizer, na minha língua.

O corpo
Antes mesmo de ouvir as palavras, eu entendo o sentido. É o corpo que fala primeiro, como amigo ou inimigo. Às vezes, ele também pode estar carregado de desejos contidos. Nesses momentos, dizemos que está explodindo de sentido. O corpo pode sussurrar, gritar, urrar, cantar, sem pronunciar um único som. Pode até expressar o contrário do que as palavras dizem. Só se compreende verdadeiramente um homem quando se pode captar o que ele quer dizer antes mesmo que ele abra a boca.
Um homem vem descendo a rua Capoix e faz um gesto vago com a mão a um outro tranquilamente sentado na varanda. O outro baixa os olhos com ar conformado para mostrar que aceita. Tudo indica que o primeiro deve dinheiro ao segundo e tenta dar a entender que ainda não pode pagar.
Nenhuma palavra foi pronunciada durante essa troca.

O cigarro

O homem acaba de sair de casa de chapéu na mão. Ele mora em um desses intermináveis corredores, em frente ao Hospital Geral. Ele levanta os olhos para o céu. O mesmo céu azul. Nada de novo quanto a isso. Olha um momento as pessoas que passam. E é só nesse momento que se decide a tirar o cigarro do bolso de sua camisa polo. Ele o olha intensamente. Uma caixa de fósforos surge de repente na sua mão. A chama. A mão que protege a chama do vento. Tudo isso foi executado com suma elegância. Percebe-se claramente que é um ritual importantíssimo para ele. Afinal, aspira longamente sua primeira tragada. Os olhos semicerrados. Uma espécie de alegria profunda em todo o rosto. O homem olha um momento o cigarro que segura entre o indicador e o polegar antes de levá-lo à boca.

O couro

Eu viro na esquina da rua Monseigneur-Guilloux. De repente, este cheiro de couro. A lojinha do sapateiro ainda está lá, no mesmo lugar. Era aqui que minha mãe me trazia para arrumar meus sapatos. Sempre vazia. Nunca encontrei um só cliente aqui. Sempre me perguntei, cada vez que vinha, como era possível que ela continuasse aberta. Com tão poucos clientes. O mistério continua intacto para mim, ainda hoje. No fundo da loja, vejo a silhueta levemente arcada do velho sapateiro. Na penumbra. Ele ainda está trabalhando. A mulher dele, sempre atrás do balcão. Eles não envelheceram. No entanto, vinte anos se passaram. E tantas coisas aconteceram durante esses vinte últimos anos. Tanto na minha vida pessoal quanto na história deste país. E ele não saiu do fundo de sua loja. Eu o olho pensando que talvez nada tenha acontecido. As coisas ganham importância por tratar--se de nossa vida, de nossa época. No fundo, o que a gente sempre precisa é de um bom par de sapatos.

A noite
Já está menos claro, mas ainda não é noite. As pessoas andam um pouco mais depressa, como se fosse chover. Uma certa agitação no ar. Para aquele que, como eu, não está apressado, é um momento de doçura infinita. Faz menos calor. Uma alegria secreta.

A jovem enfermeira
Ela desce do táxi e penetra no hospital. Sem razão, eu a sigo. O corpo firme, um rosto oval, grandes olhos. Eu me sento no banco, fingindo estar doente. Só para observá-la. Ela fala calmamente com as pessoas. Toca-as com frequência no braço, no rosto, para apaziguá-las. Eu colocaria facilmente minha vida em suas mãos.
— E você? — pergunta quando chega minha vez.
— Eu?! Estava só olhando você.
— Você é um inspetor?
— Não, um curioso. Gosto de olhar.
— E o que olha?
— Tudo. Tudo me interessa.
— Acabou de chegar?
— Hoje mesmo.
— E fazia quanto tempo que tinha ido embora?
— Vinte anos.
— Oh! Nunca deixei meu país.
Parece até que ela fala de um doente grave que não se pode deixar sozinho um instante.
— Não gostaria de viajar?
— Oh, sim! mas quase não tive folga desde que comecei aqui no Hospital Geral. Tirei uma semana, faz dois anos.
— Eu quis dizer, você não gostaria de ir trabalhar no exterior?...
— Oh não!... Há tanto a fazer aqui.

— Você acha que eu deveria ter ficado aqui, ajudando, em vez de passar vinte anos por aí?
— De jeito nenhum... Cada um faz aquilo que acredita ser correto.
— No fundo você acha...
— Não. Preciso deixá-lo agora.
O anjo da misericórdia.

A ambulância
Ainda estou atordoado por essa jovem enfermeira (como ela se chama?): sua juventude, sua força, sua calma, sua ternura com os outros. O jeito que ela tem de manter na sua mão a mão dos doentes enquanto fala com eles. Chego assim, um pouco nas nuvens, em frente ao grande portão do hospital. De repente, uma sirene enlouquecida. Dou de cara com a ambulância.
— Sai da frente, idiota! — diz o motorista colocando a cabeça para fora.
Hesito um segundo, pensando se devo continuar ou voltar.
— Você é surdo ou o quê?! Não vou ficar a vida toda esperando.
Pulo prontamente para a grama. E a ambulância passa, raspando, num estrondo de sucata e sirene. Tenho a impressão de que o motorista tinha tomado a decisão de acelerar pelo menos dois segundos antes que eu me afastasse.

A noite
Ergo os olhos para o céu estrelado. Gesto banal que milhares de pessoas fazem todo dia nesta cidade. Para mim, é diferente, faz vinte anos que não vejo estas estrelas. E a lua através dos galhos desta árvore. Os céus não são iguais em todo lugar. Conheço este céu por tê-lo percorrido de cabo a rabo. Há caminhos no céu. Já há menos pessoas na rua. Si-

lhuetas que evitam se cruzar. À noite, os gatos brancos são pardos, e os gatos pretos, invisíveis. Subo de novo na direção do morro Nelhio, as mãos no bolso. Exatamente como eu fazia aos vinte e três anos. Retomo minha vida no momento em que a deixei. Respiro a plenos pulmões. Livre na noite de Porto Príncipe.

Fogo
Vejo vir um homem na minha direção. Ele para a um metro de mim. Momento de tensão. De que lado ele está? Do lado da morte ou do lado da vida? Compasso de espera.

— Você tem fogo? — pergunta com uma voz rouca.

— Não — digo —, mas desça um pouco, acabei de ver um sujeito fumando na esquina, perto do cemitério.

Ele passa ao meu lado grunhindo palavras incompreensíveis. Não me virei para ver que jeito ele tinha, apesar de muita curiosidade.

PAÍS SONHADO

Pas croqué chapeau ou pi haut passé main ou ka rivé.
(Não pendure o seu chapéu tão alto que a mão não possa alcançá-lo.)

Faz dois dias que tento encontrar o doutor Legrand Bijou, renomado psiquiatra. A secretária dele responde invariavelmente que ele estava lá havia apenas cinco minutos, mas que acabou de sair.
— A quem devo anunciar?
— Laferrière.
— Ah! o senhor é o escritor? Claro! Eu o vi na tevê, ontem à noite. Concordo plenamente com o que o senhor falou... Espere, acho que ele acabou de chegar... Vou transferir a ligação...
Um breve momento.
— Ah! Laferrière... Como vai?
— Bem, doutor.
— Escute, não precisa me tratar assim, não estamos no hospital. Pode me chamar de Legrand.
— Sim, doutor.
— Bom, o senhor queria falar comigo...
— Foi o professor J.-B. Romain quem me falou do senhor.
— Como vai ele, aquele velho malandro? Faz um bom tempo que não o vejo.
— Ele vai bem. Nós conversamos sobre o exército de zumbis...
Um longo silêncio.
— OK, poderei encontrá-lo, hoje ao meio-dia, no res-

taurante *Au Bec fin*. Estarei na mesa dos fundos... Está bem assim?

— Combinado, doutor.

— Legrand.

— Então, até o meio-dia, Legrand.

Restaurante *Au Bec fin*. Meio-dia. Mesa dos fundos.

— Para mim, o mesmo de sempre. Sempre venho almoçar aqui. Recomendo-lhe o cabrito ensopado com arroz branco e um grande copo de suco de fruta do conde. Aí está, escolhi seu pedido, isso nos fará ganhar tempo.

— Pois não, senhor Legrand — diz o garçom.

— Bom — diz o doutor —, o que quer exatamente de mim?

— É sobre o exército de zumbis...

— Não é da minha competência... Por que não fala sobre isso com J.-B.?

— Foi o que fiz, mas ele me falou sobre alguma coisa estranha que está acontecendo no noroeste do país atualmente.

— Na verdade, é bastante estranho. Bombardopolis, uma minúscula cidadezinha, perto de Port-de-Paix. Os americanos estão fazendo um recenseamento secreto do país. Eles têm essa mania de sempre querer contar as cabeças de gado. Querem saber quantos somos. Cinco, seis, sete milhões? As autoridades haitianas se contradizem quanto a isso. Não há como saber. É preciso dizer que o governo haitiano está se lixando para saber quantos somos. Pra quê? Conclusão, não há meio de os americanos saberem. Um recenseamento no Haiti, imagine só... As pessoas dizem qualquer coisa. "Quantos filhos a senhora tem?" "Dezesseis." "Onde eles estão?" "Os nove estão na escola." "E os outros?" "Que outros?" "Os outros sete filhos." "Mas senhor, eles morreram." "Senhora, não contamos os mortos." "E por que não? São meus filhos. Para mim, estão vivos para sempre." Como vê, Laferrière, nós somos diferentes dos norte-americanos. Duas visões diferentes. Os americanos subtraem os mortos deles, nós, negros, continuamos a somá-los... Incompatibilidade de gênios...

— E em Bombardopolis?

— Então, os recenseadores chegaram em Bombardopolis numa manhã. A investigação prometia. A rotina de sempre! As pessoas recusam-se a responder diretamente às questões aparentemente mais banais. "Como você se chama?" "O senhor quer dizer meu nome verdadeiro, inspetor?" "Seu nome?" "É segredo." "Um nome não pode ser segredo." "Pode sim, senhor inspetor." "Bem, como o chamam normalmente?" "O homem." "O homem?" "Sim, o homem, assim mesmo." E cada pergunta desencadeava uma cascata de respostas, as mais inusitadas... Foi só no final da tarde que um pesquisador, um rapaz de Iowa, teve a ideia de fazer esta pergunta aparentemente banal: "Quantas refeições faz por dia?". A resposta veio de chofre: "Uma por trimestre". "Uma o que por trimestre?" "Uma refeição, senhor." "E em que consiste essa refeição?" "Um prato de arroz com um pedaço de carne de porco." "E nos outros dias?" "Nada." "Como nada?" "Nada, não como nada." O pesquisador-chefe chega ao local, no dia seguinte de manhã. Mesma coisa. A estação imediatamente alertou o quartel-general, em Porto Príncipe, que logo despachou uma equipe de especialistas para o local. Os três especialistas ficaram por volta de uma semana em Bombardopolis, da primeira vez. Segundo eles, os moradores da cidadezinha de Bombardopolis não ingeriram nada, nem mesmo um copo d'água, durante a estadia deles lá. Oito dias, não é pouco, mas já se viu grevistas de fome fazerem melhor. Então, o quartel-general envia uma segunda equipe mais poderosa. Eles ficaram vinte e um dias e, segundo o espantoso relatório que apresentaram, os habitantes de Bombardopolis, depois de vinte e um dias de jejum, não manifestaram nenhum sinal de fraqueza física ou mesmo mental.

— É espantoso — acabo por balbuciar.

— Sim, é bastante espantoso, mas ainda tem mais... Uma terceira comissão, composta, dessa vez, de especialistas da *Food and Drug Administration*, um poderoso organismo federal americano... Estes passaram três meses na cidadezinha, e somente depois de três meses as pessoas manifestaram o primeiro desejo de uma refeição quente. Naturalmente, toda essa história tornou-se rápido um segredo de Estado. Já conhecemos a mania dos americanos de fazer segredo...

— E o senhor me fala disso assim, com essa naturalidade?

Um curto momento de silêncio.

— Bem — diz o doutor Legrand Bijou com um sorriso maroto —, os americanos e nós não temos a mesma noção de segredo. Mais um caso de incompatibilidade de gênios. Então eles proibiram o acesso a Bombardopolis cercando a cidade com arame farpado. Agora eles estão abrindo a barriga da galinha dos ovos de ouro para saber como funciona. É a única maneira que conhecem.

— Não deixa de ser uma descoberta bastante importante, doutor, que poderia resolver a questão da fome. Sempre acreditamos que era preciso uma melhor distribuição dos frutos da Terra, o que se revelou um desejo vão. E se a solução fosse muito mais simples que isso: eliminar a obrigação de comer para viver?

— Claro, é importante, mas a reação americana foi, de início, totalmente diferente. Segundo as poderosas companhias de alimentação que vendem trigo, batatas ou laranjas no mundo inteiro, era preciso simplesmente liquidar a cidadezinha de Bombardopolis. Para eles, um tal estado de coisas ocasionaria a morte da indústria agroalimentar, o que seria um golpe mortal para o próprio capitalismo. A comida sendo o primeiro bem de consumo. Parece que, segundo a CIA, a fome ainda é a mais poderosa arma...

— Não, doutor, isso não pode ser uma arma.
— Claro que é uma arma... Pode-se sempre confiar neles nessas questões. Cada vez que a CIA quer esmagar um líder do Terceiro Mundo, ela só precisa espalhar a fome no povo... Por algum tempo, eles realmente acalentaram a ideia de matar todos os habitantes de Bombardopolis inoculando-lhes uma doença qualquer... Acho que a peste branca.
— O que os impediu de fazê-lo, doutor?
— A mania de saber... Eles não farão isso nunca enquanto não souberem exatamente por que os habitantes dessa tranquila cidadezinha do noroeste do Haiti não conhecem a fome.
— Obrigado por me esclarecer, doutor... Gostaria que o senhor me mantivesse informado sobre este assunto.
— Ligue-me... Gostaria de mostrar-lhe alguns poemas que escrevo à noite.
— Será um prazer, doutor.
— Legrand... Não fiz bem em sugerir o cabrito?
— Claro, Legrand... Estava ótimo. Mais uma vez, obrigado por ter me recebido tão rapidamente.

PAÍS REAL

Bouche néguesse sans dimanche.
(Boca de mulher não conhece domingo.)

O jantar

Minha mãe ainda está sentada na varanda, bem escondida atrás dos loureiros em flor. De lá, ela pode ver o que se passa na rua sem ser vista.

— Ficou me esperando?

— Não, estava tomando a fresca. Tem uma brisa deliciosa aqui, à noite.

— Não acredito, mãe. Você sempre fazia isso quando eu voltava tarde da noite.

— Já faz tanto tempo... Você sabe, de uns tempos para cá, aqui ficou ainda mais perigoso.

— Não fui muito longe.

— Você parou no hospital.

— Como é que você sabe, mãe?!

— Pierre me disse. Ele mora bem na esquina. Ele te viu lá, no hospital. Ele veio agora mesmo me perguntar se você estava doente.

— Isso é o Haiti. Nunca estamos sozinhos. Tem sempre um olho te espiando.

— Teu jantar está na mesa.

Vou até a sala, seguido por minha mãe. Uma tigela de Ovaltine me espera. Viro-me e sorrio para minha mãe que continua na porta. O gosto me surpreendeu. Lembro-me de repente do anúncio que tocava na rádio: "Ovaltine dá forças". É isso que deve ter convencido minha mãe, ela que me achava fraco demais para o seu gosto. Durante toda minha adolescência, tomei Ovaltine toda noite.

O medo

Durmo na cama de minha mãe. Ela me cedeu um espaço. Na verdade, tenho quase toda a cama só para mim, uma vez que minha mãe, como de hábito, deita-se bem na beirada. Ela está de costas para mim.

— Todo mundo tem medo — diz minha mãe, como se estivéssemos no meio de uma conversa começada faz tempo...

— Felizmente, nunca assaltaram sua casa.

— Não é disso que estou falando, Velhos Ossos...

— Você fala dos matadores, então?

— Não.

— Não entendo, mãe.

— Temos medo. Temos medo de não existir. É disso que temos medo.

— É isso que eu queria dizer. Com todos esses crimes...

— Não! (Minha mãe quase gritou.) Os crimes não são o pior.

Não a interrompo para deixá-la explicar melhor o que pensa.

— Você sabe, Velhos Ossos... Você não pode saber, você não estava aqui, mas é bem mais grave do que se imagina, o que aconteceu aqui, neste país.

— O que aconteceu? O que você quer dizer, mãe?

— Temos a impressão de já estarmos mortos, aqui. Todo mundo, quero dizer os justos e os maus. Sabe?, encontramos cemitérios clandestinos quase em toda parte. Os que matam não estão mais vivos do que os que foram mortos. Nós já estamos todos mortos. Ele bem disse: "Deixai os mortos enterrar seus mortos". Sabe, passei minha vida tentando entender o que Cristo queria dizer com isso. Agora sei. Tudo está claro para mim, hoje. Nós já estamos mortos. Pierre, você sabe, nosso vizinho que te viu no hospital esta tarde, ele me disse outro dia que conhece um homem, um matador. Pois é! esse homem lhe contou que não sabe por que mata, que isso não serve para nada, que é como se ele passasse a vida a lavar as mãos para sujá-las imediatamente depois. Ele não podia dizer as coisas claramente, mas Pierre o entendia. Ele também disse a Pierre que até já encontrou na rua pessoas que ele tinha matado antes... Ou estamos mortos, ou estamos vivos. Não se pode ser os dois ao mesmo tempo. Tenho certeza de que já estamos mortos e ninguém nos contou. E isso, Velhos Ossos, seria a pior maldade com a gente... Com todos nós, quero dizer os matadores e os mortos.

Ela para um momento. Parece que precisa respirar um pouco. Olho sua nuca. É dali que sai sua voz.

— Esta cidade é um grande cemitério. Você ainda não está morto, então cuidado. Não confie em ninguém. Aqui, não tem nem bons nem maus, só mortos.

Não sei exatamente quando o sono me levou, mas não era profundo o bastante já que a voz de minha mãe ainda me chegava, falando sempre dessa fina fronteira que separa a vida da morte.

Sonho
Estou deitado de costas, os braços abertos. Pergunto-me onde estou. Vozes me chegam. Reconheço a música em *créole*. Talvez eu esteja ainda em Montreal e simplesmente sonhe que estou em Porto Príncipe. É um sonho que eu costumava ter antigamente, logo que cheguei a Montreal. Sonhava com o Haiti todas as noites. Sonhava principalmente que andava nas ruas de Porto Príncipe, ou que conversava com um ex-colega de escola em frente ao estádio Sylvio-Cator. Curiosamente, quase nunca sonhei com minha mãe em Montreal. Durante uns dez segundos, cheguei a acreditar que estava em Montreal e que tudo acontecia dentro da minha cabeça. Estou mesmo em Porto Príncipe e a voz que ouço é a da vizinha que conta alguma coisa a minha mãe.

O rádio

Minha mãe tinha colocado um radinho perto da minha cabeça. Automaticamente, ligo-o. Uma voz jovem e fresca está terminando a leitura dos horóscopos. Não tive tempo de saber o que o dia reserva aos nativos de Áries (meu signo). Já passaram para a seção de esportes. Voz de homem bastante quente e dinâmica. O objetivo secreto dos cronistas esportivos é fazer você se sentir um molenga porque não está correndo os cem metros, nem lançando dardos, nem nadando em uma piscina olímpica. Ah! como eu detesto os cronistas esportivos, de manhã cedo. Em todo caso, acabaram de me informar que o Racing Club derrotou o Violette, ontem à noite, por dois a zero. Isso me alegra por uma razão bem simples. No dia de minha partida, faz vinte anos, o Racing ia enfrentar o Violette. E agora tenho a impressão de chegar a tempo de saber o resultado. Como se eu não tivesse deixado o país. Estou tenso como um arco. À espreita da mínima sensação, da mais sutil emoção, de tudo que poderia me dar a impressão de nunca ter deixado o país. Queria que nada tivesse mudado durante minha ausência. Gostaria de retomar furtivamente meu lugar entre os meus, como se nada tivesse acontecido, como se nunca os tivesse deixado. Ao mesmo tempo, não renego minha viagem.

Água quente

Entro no banheiro para fazer minha toalete. Tudo já está pronto. A pasta de dente na escova. Duas bacias de água, sendo uma cheia de água quente. Lavo-me, visto-me e desço para almoçar. É assim na casa de minha mãe, e será sempre assim. Não lhe nego o direito de me tratar como um príncipe. É a sua educação: ela sempre considerou seu filho um príncipe. Foi isso que me permitiu sobreviver no início de minha estadia em Montreal, quando os outros só viam em mim um negro a mais.

Alguém, em algum lugar, em uma casinha em Porto Príncipe, sempre pensou que eu era um príncipe.

O vizinho
Ouço vozes na sala de jantar. Um homem muito alto está contando uma história.
— Bom dia, mãe.
— Bom dia, Velhos Ossos. Venha, vou te apresentar ao senhor Pierre. É um amigo da família.
— Bom dia, senhor — digo a este homem alto e magro. Dois olhos penetrantes em uma cabeça de pássaro. Ele se levanta para apertar minha mão.
— É exatamente a mesma pessoa... Que homem culto, seu filho, Marie! Puxa vida, que cultura!
Viro-me para minha mãe procurando entender.
— O senhor Pierre vê você frequentemente na televisão. Ele gosta muito de você. Cada vez que o vê, fala comigo sobre isso durante dias.
O senhor Pierre me olha dos pés a cabeça, medindo-me.
— Realmente, o senhor nos honra... Que cultura!
Um silêncio.
— Obrigado — acabo dizendo.
O rosto radiante de minha mãe.
— Bem, preciso ir, Marie. Vou ver o tabelião e tenho que estar lá antes das nove. Até logo, espero ter a oportunidade de conversarmos um pouco. Gostaria de saber sua opinião sobre o que se passa neste país no momento. Estou contente que esteja aqui. Precisamos muitíssimo de homens como o senhor. Bem, não vou começar um debate como este quando já estou atrasado, e o senhor mesmo, com certeza, tem muito o que fazer esta manhã. Bem, eu também tenho umas coisinhas para resolver. Bem, até logo. Até de tarde, Marie. Se o tabelião me der uma chance, vou lhe dar teu recado.

— Não desperdiça a tua sorte... Deixa ele falar primeiro — diz minha mãe acompanhando-o até a porta.

O senhor Pierre é obrigado a abaixar a cabeça para passar pela porta. Pela primeira vez, percebo que minha mãe é uma mulher e que existe uma relação diferente entre ela e este homem. Para ele, ela é simplesmente Marie. Curioso destino o de minha mãe! Os dois homens de sua vida (não os dois únicos, espero) passaram a maior parte da vida no exílio. Meu pai e eu. Como meu pai deixou o país quando eu tinha cinco anos, é a primeira vez que vejo minha mãe falar com um homem, como mulher. Tudo parece natural, correto, mas a intimidade é evidente. Honestamente, é sempre um choque, mesmo aos quarenta e três anos, ver a própria mãe como mulher.

Açúcar
— Coma — diz minha mãe —, senão vai esfriar... Você quer açúcar no suco?

— Claro, mãe.

— Eu sabia. A Renée me disse que você não usa mais açúcar.

— Não foi isso que eu disse — corta tia Renée de seu quarto. — Ainda não estou morta, Marie, então não ponha palavras na minha boca. Eu disse que nos países desenvolvidos as pessoas evitam o açúcar.

— A tia Renée tem razão, mãe... Mas — acrescento baixinho — você pode pôr um pouco de açúcar assim mesmo.

— Viu? — berra tia Renée do seu quarto. — Eu não falei que ele evita o açúcar?

Minha mãe pisca para mim com cumplicidade.

Cenoura
— Pegue mais um pouco de cenoura, Velhos Ossos.
— Faz bem para a vista...

— Oh! Você se lembra — me diz minha mãe, quase com lágrimas nos olhos.

— Claro, mãe, isso me marcou. E continuo detestando cenouras.

— Então, por que você me pediu para fazer?

— Só para ouvir você dizer que cenoura faz bem para a vista.

Um cadáver no almoço
O almoço continua.

— Pierre me disse esta manhã que acharam um cadáver na frente da padaria *Au Beurre chaud* em Bois Verna. Parece que era um jovem vendedor. Ele tinha vindo comprar pão para revendê-lo... Um pobre vendedor ambulante que foi morto e levaram seu dinheiro. Pobre rapaz. Toda manhã acham dois ou três cadáveres nesta cidade.

Água quente
Tia Renée acaba de chegar à sala de jantar.

— Quem colocou a bacia de água quente no banheiro de cima, hoje de manhã? — pergunto para minha mãe.

Ela não responde, fingindo estar ocupada guardando os pratos no armário.

— Não faz isso, mãe... Você não pode transportar uma bacia de água quente lá para cima assim. Isso não faz sentido.

— Não fique bravo, Velhos Ossos. Você precisa fazer sua toalete...

— Se eu precisar de água quente, basta descer para buscar.

— Não é pesado, você sabe.

— Não, mãe... Se você fizer isso de novo, vou para um hotel.

Minha mãe baixa a cabeça como uma criança repreendida. Sei que fica chateada quando falo em ir para um hotel, mas tenho de fazer assim, senão, amanhã de manhã, ela trará minha escova de dentes na cama.

— Você faz bem em chamar a atenção dela, Velhos Ossos... A Marie pensa que ainda é jovem. É ela quem faz tudo aqui. Ninguém pode ajudá-la. Se continuar assim, um dia ela não vai aguentar.

— Não se preocupe, tia Renée, agora estou aqui.

Tia Renée me sorri radiante.

— É o que eu sempre digo, falta um homem nesta casa — conclui tia Renée.

— A Renée não sabe nada dos homens — cochicha minha mãe ao meu ouvido.

PAÍS SONHADO

Nous connin, nous pas connin.
(Sabemos e não sabemos.)

Nosso vizinho chega correndo.

— O que houve, Pierre?

— Ninguém tinha me dito que ele não estava em Porto Príncipe. Imagina, Marie! Faz dois dias que o tabelião foi para o noroeste, para Bombardopolis. Que loucura, já são no mínimo três pessoas que conheço que foram para lá no espaço de uma semana.

— Mas o que há em Bombardopolis? — pergunta minha mãe só para demonstrar interesse na conversa.

— Não sei, Marie. Parece que os americanos estão lá. Não ficaria surpreso se os americanos estivessem instalando uma estação espacial em Bombardopolis.

— O senhor acha? — pergunto.

— Claro, eles nunca engoliram o fato de termos chegado lá em cima antes deles.

— Lá em cima onde, senhor Pierre?

— Na Lua.

— Nunca ouvi falar nisso.

— O que o senhor acha? Que os americanos iam divulgar a informação que não foram os primeiros a pisar na Lua? Parece que Kennedy ficou louco de raiva quando soube da presença de um haitiano na Lua, tendo chegado, visivelmente, antes de Armstrong.

— Nunca ouvi essa história.

— Claro, é um segredo de Estado.

Minha mãe traz café fresco.

— Como isso aconteceu?

— Primeiro, Armstrong chegou à Lua certo de que era o primeiro homem a pisar naquele solo. Ele começava a fazer seus legendários saltos de canguru quando ouviu uma voz atrás dele: "Ei! amigo, você tem um cigarro? Faz três dias que não fumo. Você sabe o que isso quer dizer para um fumante?". Armstrong virou-se e viu um haitiano alegre sentado atrás dele. Mas isso nunca foi mostrado ao grande público. Claro que as antenas ultrassensíveis da NASA captaram essa conversa, mas Kennedy proibiu sua retransmissão. Kennedy esperava muito dessa operação para se reeleger...

— Então o haitiano precedeu Armstrong em no mínimo oito dias.

Minha mãe senta-se num canto para nos escutar, olhos à espreita. Ela vigia em mim o menor sorriso irônico. Minha mãe se engana, essa história me interessa muitíssimo, na medida em que quero saber como funciona o espírito haitiano.

— Mas ele não foi o primeiro. Antes dele, teve um tal de Occlève Siméon, um camponês de Dondon. E pensar que ele também não foi o primeiro.

— Por que o governo haitiano não divulgou para o mundo inteiro? Teria sido uma boa publicidade para nós.

O senhor Pierre faz um gesto de cansaço para me fazer entender que os ocidentais são com frequência muito limitados. Claro, eles se acham mais inteligentes, mais evoluídos que todo mundo, nem adianta explicar para eles que algumas pessoas não precisam de um foguete para ir até a Lua...

— Mesmo pra mim, senhor Pierre, é um pouco difícil entender.

— Escute, meu jovem amigo... Eles estão interessados na viagem do corpo. Para nós, é o espírito que conta. Em certo sentido, Kennedy estava certo, era mesmo a primeira vez que um corpo humano estava presente na Lua, mas não era a primeira vez que um espírito estava lá, disso você pode ter certeza.

Ele ri. Uma grande gargalhada sonora, alegre, feliz, o riso de um homem seguro de si, que não tem nada a provar para o resto do planeta, o riso de um homem feliz por estar em casa, no seu país.

— O senhor fala em espírito, mas e o homem que Armstrong viu, o cara que lhe pediu um cigarro?

— Claro, Armstrong não teve uma alucinação. Ele realmente o viu, mas era um corpo real ou um corpo sonhado? Acho que era um corpo transparente. Não é só na Lua que se encontram esses corpos projetados. Falando cruamente, os haitianos gostam de passear no espaço.

Tenho a impressão de não ter entendido direito.

— O que o senhor quer dizer com isso? — pergunto, com verdadeiro interesse.

Sorriso de minha mãe.

— Meu caro amigo — diz ele —, a metade das pessoas que o senhor encontra nas ruas estão em outro lugar ao mesmo tempo. O senhor me entende?

Não, eu ainda não tinha entendido, mas não queria dizer isso ao senhor Pierre para não decepcioná-lo. É nisso que dá passar quase vinte anos fora do seu país. Já não entendemos as coisas mais elementares.

PAÍS REAL

Bœuf qui gain queue pas jambé difé.
(Boi de rabo comprido não deve atravessar o fogo.)

A cama
Alcanço minha mãe ao pé do morro Nelhio, não longe do cemitério. "Você vai ver", me disse tia Renée, "ela não anda, voa". Andamos um tempo lado a lado, então minha mãe segura em meu braço, como sempre faz quando vamos a algum lugar juntos.

— Preciso de uma cama — digo-lhe em um tom natural.

Minha mãe aperta bruscamente o passo.

— Eu posso te dar a minha... E dormir no andar de baixo com a Renée — diz um pouco secamente.

Sei que ela tem medo do quarto de Ba. Minha mãe, tão corajosa em algumas coisas, tem um lado infantil que tem medo de fantasmas. Além disso, a cama de tia Renée é ainda mais estreita para duas pessoas. Ela seria obrigada, portanto, a dormir na cama de Ba. E isso está fora de questão.

— Não, mãe, gostaria de ficar no quarto com você, mas preciso de uma cama.

— Você não tem espaço suficiente, Velhos Ossos?

— Pelo contrário, tenho toda a cama só para mim, e é isso que me incomoda.

Ela vira para mim um rosto de criança triste, quase às lágrimas. Vejo que minha mãe faz um esforço considerável para aceitar o fato de que, embora seja seu filho, não sou mais uma criança. Ela viu partir um rapaz de vinte e três anos que ainda vivia sob seu teto e sua lei, e agora encontra um homem.

— Bom, vou dormir no chão, na frente da cama.
— Você está brincando, mãe...
— Já fiz isso quando tinha muita gente na casa.
— Quero uma cama para mim, mãe... Lembre-se de que você já me desmamou.
Desta vez, ela ri. Minha mãe sempre esconde a boca atrás da mão para rir desde que perdeu alguns dentes do lado esquerdo.

O território
Entramos agora no território de minha mãe. A região das lojas. O centro da cidade. A partir de agora, ela conhece todo mundo. Faz mais de quarenta anos que ela vem aqui, todos os dias, menos domingo. Ela para a cada cem metros para cumprimentar alguém que viu na véspera. Passear no bairro comercial sempre foi a grande paixão de minha mãe.

O homem
Não longe da livraria Auguste, um homem a segura pelo braço.
— Marie!
Minha mãe vira-se. Sorriso de moça.
— Ah! Robert... Como vai?
O homem lança-me uma breve e discreta olhada. Minha mãe, no entanto, não me apresenta.
— O que houve com você? — pergunta minha mãe em um tom ao mesmo tempo amável e reservado.
— Tive uma pequena promoção, sabe?... — diz tocando o braço de minha mãe. — Agora, estou no primeiro andar. Na cobrança.
— Ah! Então é por isso que não te vejo mais quando passo no banco — diz minha mãe.
— Estou feliz por te ver, Marie — ele diz com um largo sorriso —, mas preciso ir. Suba para me ver quando passar

por aqui, estou no primeiro andar, ao lado do escritório do Raymond. Combinado? — diz com um sorriso sedutor.

Estou nas nuvens por ver minha mãe em uma situação de flerte. Ela me parece um pouco sem graça. Olho, por um momento, o homem abrir caminho no meio da multidão, em direção à rua Pavée.

— Quem é? — pergunto depois de um momento.

— Ah! O Robert... é um caixa do Banco Nacional. Ele é sempre muito gentil comigo. Sempre toma as providências necessárias para mim, quando vou ao banco.

— Acabou de ser promovido — digo depois de um tempo.

— Sim — diz minha mãe —, ele agora está no primeiro andar com o Raymond.

— Por que você não me apresentou?

— Oh! ele estava com pressa — responde minha mãe.

— Diga a verdade, mãe...

Ela aperta meu braço.

— Bom, eu não contei pra ele que tenho um filho.

— O quê? Você tem vergonha de mim! — digo, só para infernizá-la.

O rosto de minha mãe torna-se sombrio.

— Nunca teria vergonha de você — diz num tom grave. — Simplesmente queria mantê-lo longe da minha vida particular. Só isso. Não tive a intenção de te magoar.

— Não estou magoado, mas com ciúmes...

Minha mãe acaba de perceber que estou brincando. E ri de uma maneira provocante, como eu nunca tinha visto.

O dinheiro
Tenho comigo dinheiro americano que quero trocar pela moeda do país. Já cruzamos com alguns caras que nos ofereceram duzentos e cinquenta dólares haitianos por cem dólares americanos, mas minha mãe os ignora.

— Mas mãe — digo...

— Calma... Não seja apressado, vamos dar uma volta perto da Téléco (a companhia telefônica) para saber exatamente a taxa do dia.

Chegamos lá abrindo passagem no meio de uma multidão cada vez mais compacta. Mais uma vez, minha mãe nem para.

— O que vamos fazer, mãe?

— Só quero saber o que estão oferecendo.

— A taxa é de quanto?

— Por que você não tenta ouvir?!

De fato, escuto um burburinho incessante.

— Escuta... — diz minha mãe. — Olha, vai até duzentos e sessenta e cinco dólares por cem dólares americanos.

— Está melhor que lá... Trocamos?

— Espera... aqui está cheio de ladrões. Vamos tentar do lado da rádio Métropole.

Chegamos perto da estação de rádio.

— Senhora, estou aqui — diz um rapaz alto, magro, praticamente surgindo na nossa frente. — Estava à sua espera.

— Encontre-nos na farmácia Séjourné — dispara minha mãe sem nem olhá-lo.

A transação é feita na frente da farmácia. Depois de uns bons dez minutos de negociação, minha mãe acaba aceitando a oferta do rapaz de duzentos e sessenta e cinco dólares haitianos por cem dólares americanos.

— Deixe-me recontar — diz o jovem pegando prontamente o dinheiro das mãos de minha mãe.

— Pode guardar seu dinheiro — diz minha mãe indo embora a passos largos.

Corro para alcançá-la.

— Que foi, mãe?

O jovem nos alcança.

— É simples, ele queria me roubar.

— Eu, senhora? Nunca teria feito uma coisa dessas, principalmente com uma cliente como a senhora.

— Então por que você pegou de volta o dinheiro das minhas mãos?

O jovem baixa a cabeça.

— Você sabe como eles fazem? — diz minha mãe diante dele... — Contam o dinheiro uma primeira vez, e a conta está certa. Você conta na sua vez, certo de novo. Mas eles resolvem recontar, e é aí que deslizam uma nota para dentro da manga.

— Nunca teria feito isso com a senhora.

Viro-me para ele.

— Então é verdade o que minha mãe está dizendo?

Olhar sem graça do jovem.

— Sim, alguns fazem isso — acaba murmurando.

— Bom, é a última vez que você tenta isso, senão, nunca mais faço negócio com você, certo?

— Sim, senhora.

A selva
Seguimos rumo à rua principal. A multidão suando. Barulho infernal de *taps-taps*[4] que vão do Portail Léogâne ao Portail Saint-Joseph.

— Achei que você estava sendo injusta agora há pouco, até o rapaz confessar.

Minha mãe sorri.

— É preciso ficar muito atento com todo mundo, aqui... Pare um momento.

Ficamos encostados no muro. As pessoas esbarram em nós sem nos lançar um só olhar.

---

[4] Pequena caminhonete transformada em micro-ônibus, toda decorada com pinturas. Serve de meio de transporte público nos grandes centros urbanos. (N. da T.)

— Está cansada, mãe?
— Não — diz depois de um tempo. — Quero saber se alguém nos segue. Mataram uma mulher assim, na semana passada. Eles a seguiram até sua casa e voltaram, à noite, para roubar seu dinheiro. Como ela tentou resistir, foi degolada.
— Meu Deus, mãe! Tenha cuidado...
— Nunca vou lá com mais de cem dólares americanos e nunca trato com a mesma pessoa. Por exemplo, esse rapaz, nunca mais.
— Mas você o fez acreditar...
— Sim... mas nunca mais, senão da próxima vez ele vai tentar outra coisa.
— E por que, em vez disso, você não vai ao banco, mãe?
— Vou ao banco para outras transações... No banco, eles não dão nada por cem dólares americanos... E tudo é tão caro, Velhos Ossos. Você nem imagina.

Faz vinte anos, deixei uma mulher surpreendentemente ingênua; hoje encontro, não uma fera, mas um animal perfeitamente capaz de se defender em uma das mais terríveis selvas humanas.

Na loja de Sienne
— Ela está aí? — pergunta minha mãe a uma das jovens vendedoras.
— Está, no fundo.
Sigo minha mãe até o fundo da loja.
— Quem é? — pergunta alguém sentado na penumbra.
— Sou eu, Marie.
— Ah! é você. Venha.
— Eu disse que o traria para ver você.
Sienne levanta-se prontamente.
— Ah! é ele! Oh! como é alto! Ele é maior que você, Marie.

— Pois é! — diz minha mãe com orgulho.
— Vire-se um pouco para eu te ver... Sua mãe me fala de você há anos. Às vezes, quando estava desencorajada, era aqui que ela vinha, porque acontecia de você passar anos sem lhe dar um sinal de vida. A pobre não sabia se você estava morto, doente ou enterrado. Como essa mulher sofreu! Felizmente ela tem fé.
— É verdade também, Sienne, que você sempre me apoiou nos piores momentos... E Deus também.
— Por favor, Marie, não me coloque no mesmo pé que Deus. Foi somente Jesus quem te permitiu atravessar esse calvário.
— Mas foi ele quem colocou você no meu caminho.
Sienne fecha os olhos devagar como para aceitar plenamente o fato de ter sido um instrumento de Deus.
— Parece — diz ela — que você se tornou alguém, lá... Ela diz isso olhando-me direto nos olhos com um sorriso enigmático.
— Mas não é razão para esquecer sua velha mãe — acrescenta ela com um leve riso na garganta.
— Isso foi antes. Agora ele cuida bem de mim — minha mãe se apressa a dizer em minha defesa.
— Espero que sim... — conclui Sienne em um tom falsamente severo. — Agora me diga, o que você faz?
— Ele escreve livros — revela minha mãe quase alegremente.
— Ah é?!... E você ganha dinheiro com isso? — pergunta Sienne um pouco brutalmente.
— O dinheiro não é muito importante para os artistas — intervém mais uma vez minha mãe.
— Marie, me deixe falar com ele. Não vou comer o teu filho.
Minha mãe dá um pequeno passo para trás. De novo seu sorriso crispado.

— O dinheiro é muito importante — digo. — Resolve muitos problemas.

Sienne aprova fortemente com a cabeça.

— Uma profissão — continuo — deve alimentar o homem.

— É isso o que eu queria saber. Teu filho é um homem, Marie.

Por que me comporto como um rapaz de vinte anos na presença dos amigos de minha mãe? Sempre se é criança ao lado de sua mãe, principalmente se ela não te viu nos últimos vinte anos. Os anos de ausência não contam.

— Vou te deixar, Sienne, porque temos muito o que fazer hoje.

— Sei — diz Sienne —, agora que teu filho chegou, não te veremos mais...

— Não diga isso — responde minha mãe, rindo desta vez.

De novo seu riso de moça.

O colchão

Minha mãe levou-me a um colchoeiro, na rua de l'Enterrement, essa longa rua que leva direto ao cemitério. O homem chama-se Nazon. Um legítimo comerciante. Ele tem um tipo de bricabraque onde vende todo tipo de coisas: colchões, vestidos, correntes, relógios, peças de automóvel, máquinas de costura, luminárias etc. No cômodo ao lado, a mulher dele mantém um minúsculo salão de beleza. Nazon também é agiota. Mas sua verdadeira paixão são os colchões. Segundo minha mãe, ele confecciona os melhores colchões de Porto Príncipe, em uma pequena oficina instalada em seu quintal. Dois garotos estão preparando o algodão no momento em que chegamos.

— É para mim este colchão? — arrisca minha mãe mostrando a massa de algodão no chão.

— Não, é para outra pessoa.

— Preciso de um bom colchão para hoje à noite. Já vi alguns aqui na frente.

— Não compre esses, não tem nada de bom aí na frente — diz apontando na direção do seu bricabraque.

— Então você pode me garantir que terei um colchão para hoje à noite? — pergunta minha mãe em um tom firme.

— Bom... — começa Nazon.

— Patrão — diz um dos garotos —, o senhor Jérôme vai vir buscar o colchão dele daqui a pouco.

— Ah! é verdade... Tinha me esquecido completamente. Vai ser difícil preparar um colchão para hoje. O que temos para amanhã?

— Amanhã, patrão, é possível...

— Então — diz Nazon —, para amanhã, sem falta.

— Vejo que os negócios vão bem — exclama minha mãe em um tom brincalhão.

Nazon faz uma careta.

— Temos muito trabalho, mas isso não quer dizer que ganhamos mais dinheiro.

— Como assim? Se você tem mais trabalho, tem mais dinheiro — arrisca minha mãe.

O rosto de Nazon torna-se subitamente sério.

— Antes, eu trabalhava sozinho, mas agora preciso de dois operários a quem devo pagar. Mais trabalho, mas menos dinheiro em meu bolso, definitivamente.

— Para de reclamar, velho pão-duro — diz minha mãe —, agora você deve estar tão rico quanto Crésus.

— Ah! senhora, não diga isso. Há ouvidos malvados na vizinhança. As pessoas vão pensar que tenho uma fortuna escondida.

— Até amanhã, Nazon, sem falta.

— Como foi dito...

PAÍS SONHADO

Nèg d'Haïti va caché ou mangé, min yo pas caché ou parole.
(O haitiano pode negar comida, mas nunca nega conversa.)

Sinto uma presença às minhas costas. Viro-me bruscamente. O homem tira o chapéu na mesma hora.
— Honra.
— Respeito — respondo, conforme o costume camponês.
Ele dobra levemente os joelhos mantendo um atrás do outro, em linha reta.
— Renée é minha afilhada.
Tia Renée está em pé, no fundo do quintal, perto do portão amarelo.
— Renée é minha afilhada... — repete. — Na época eu era um grande camponês, um camponês de Palmes. Vendia muito café para seu avô. Nos tornamos tão próximos que ele me deu Renée para batizar. Foi uma grande honra... Renée é nossa criança. (Olha na direção dos morros.) Ninguém pode lhe fazer mal. Ela está bem protegida. (Faz uma leve genuflexão.)
Um silêncio.
— Mas — acrescenta em seguida —, não foi por isso que eu vim.
Uma manga cai raspando nele. Ele não se mexe.
— Sente-se — digo.
— Não. (Faz um forte movimento de recuo.) Não vim tomar seu tempo. Gostaria apenas que o senhor me explicasse uma coisa.
— Se possível, mas tenho a impressão de que não sei grande coisa.

Ele sorri em reconhecimento às minhas boas maneiras. Conheço a extrema educação dos camponeses.

— Dizem que o senhor está escrevendo um livro sobre os mortos.

— Não exatamente.

— É o que dizem — continua, imperturbável, como se o que dizem fosse mais importante do que o que eu tenho a dizer.

— Mal acabei de começar o livro...

— Dizem também que o senhor vem do exterior.

— É verdade.

Seu rosto ilumina-se com um sorriso radiante.

— Bom... Vamos lá... Desculpe a franqueza, mas gostaria de saber como o senhor pode escrever sobre os mortos se nunca morreu.

Enxuga a testa com um grande lenço vermelho.

— De fato — acabo admitindo. — Conto com a minha imaginação.

Lança-me um olhar de esguelha. Pela primeira vez desde o início da conversa nossos olhares se cruzam.

— Suponhamos — diz olhando de novo para o chão — que o senhor esteja morto...

Sinto um leve calafrio na espinha. Ele sorri consciente de seu efeito.

— E que, depois de algum tempo, o senhor — e aponta na minha direção um dedo enérgico —, o senhor julgasse ter a experiência necessária para escrever sua obra sobre os mortos.

Noto que ele não diz nunca a morte, mas os mortos.

— Não conheço ninguém, pelo menos nenhum escritor, que tenha conseguido tal façanha — acabo balbuciando.

Ele ri abertamente. A cabeça virada para o céu. Como se risse de Deus.

— Suponhamos que o senhor pudesse fazê-lo.

— Algumas pessoas contam que chegaram muito perto da morte, até a fronteira entre a vida e a morte, e que viram uma luz ofuscante e, parece, também uma porta...

Ele fica um momento em silêncio antes de levantar a cabeça com vigor.

— Suponhamos que o senhor atravesse essa porta.

Um longo silêncio.

— Isso lhe interessaria?

— Claro que é tentador... O senhor me pergunta isso assim. Não sei. O senhor sabe, quem escreve sempre usa uma boa dose de fantasia.

Ele volta a me olhar de esguelha com um sorrisinho no canto da boca.

— Não se preocupe. Não o deixarei lá. Não tenha medo... (Recomeça a rir.) Eu devo muito ao seu avô para deixar que lhe aconteça qualquer coisa de ruim...

Ele me olha, desta vez direto nos olhos.

— Se minha proposta lhe interessar, o senhor só precisa me fazer um sinal.

— Como assim?

— Eu ficarei sabendo... Agora não quero fazê-lo perder mais tempo.

Dá meia-volta e se dirige para a casa. Vejo-o cuspir três vezes na mão esquerda de tia Renée antes de cruzar o portão. Tia Renée aproxima-se de mim. Vem deslizando sobre a própria sombra. Já é meio-dia.

— O Lucrèce conversou com você... Ele é meu padrinho.

— Conversou — digo tentando manter a calma —, ele propôs me acompanhar até o lado de lá.

Tia Renée parece pensativa por um momento.

— Ele te propôs isso?

— Sim. Foi o que acabou de me dizer, agora mesmo.

— Que estranho — murmura tia Renée quase para si mesma... — É a primeira vez que ele propõe isso a alguém.

Há pessoas que lhe suplicam há anos, e ele recusa. Com você, na primeira vez que te vê...

— Então, ele falava sério?

Tia Renée balança levemente a cabeça, com ar grave.

— É um homem muito poderoso — diz melancolicamente.

— Em todo caso — digo —, ele não é lá muito rico, apesar de todo esse poder... (Logo se vê que tenho vinte anos de capitalismo nas veias.)

— Oh! — diz tia Renée —, você decerto me viu dando-lhe uns trocados. O dinheiro não é nada. Não tem direito de ganhá-lo. Ele vive nos dois mundos.

— Dois mundos?

— Sim, ele atravessa a fronteira quase todos os dias... É um passador.

— Você acredita nisso, tia Renée?

— Sei que isso existe.

Tia Renée é uma católica fervorosa. Ela crê em Cristo e ao mesmo tempo nos poderes de Lucrèce. Na sua capacidade de cruzar as fronteiras quando bem entende. De trocar de mundo à vontade. De passar para o lado dos vivos assim como para o lado dos mortos. E esse homem me oferece o mais terrível negócio que se pode propor a um escritor, conduzi-lo ao reino dos mortos. Em nome desse laço misterioso que o une ao meu avô, ele me dá hoje a possibilidade de ser maior que Dostoiévski, tão grande quanto Dante ou quanto o apóstolo João, o discípulo bem-amado, a quem um dia foi dado ver o fim do mundo. Ele me oferece a possibilidade de ser mais do que um escritor. De tornar-me um profeta. Aquele que viu. Passar uma temporada entre os mortos e voltar para junto dos vivos para contar. Ultrapassar as aparências. Viver um tempo na mais absoluta verdade. Chega de comédia, chega de tragédia. Somente a verdade. A verdade ofuscante. O mais antigo sonho dos homens. Jesus fez Lázaro voltar à Terra. Faz muito tempo que não abro a Bíblia, mas, se não me falha a memória, acho que essa ressurreição não foi exatamente um sucesso. Lázaro ainda cheirava a morte e tinha a aparência de uma concha vazia. O espírito não o habitava mais. Um zumbi. A proposta de Lucrèce parece muito mais interessante. Ir ver como as coisas se passam por lá e depois voltar para o mundo dos homens. Um repórter no país sem chapéu.

PAÍS REAL

Pito nous laide nous la.
(Melhor ser feio, mas vivo.)

Um táxi
Voltamos do dentista. A cara amarrada de minha mãe. Ela acena para chamar um táxi.
— Travessa Bécassine, no alto do morro Nelhio — diz minha mãe, reticente.
O rosto suado do motorista de táxi. Ele cospe bruscamente no chão, ao lado de meu pé esquerdo.
— Se a senhora quer que eu suba o morro Nelhio, a corrida vai custar o dobro.
— Por quê? — pergunta minha mãe em um tom seco. — É um morrinho de nada.
— Então por que a senhora não sobe a pé? — responde o motorista, não se deixando intimidar por minha mãe.
— É assim que o senhor pensa formar uma freguesia? — retruca minha mãe.
O táxi arranca bruscamente. Minha mãe teve que dar um pequeno salto para trás. Imediatamente um segundo táxi para ao nosso lado.

O segundo táxi
O motorista põe a cabeça cabeluda para fora da janela para falar com minha mãe.
— Aonde a senhora vai?
— Até o alto do Nelhio... Travessa Bécassine.
O motorista faz uma expressão estranha com a boca.
— Subam então, mas primeiro vou passar no Bas-peu--de-chose, e depois em Martissant.

Minha mãe hesita um momento.
— Tudo bem — diz em um tom resignado.

Testemunha de Jeová
Entramos atrás, ao lado de uma senhora com uma cesta no colo. A moça no banco da frente me lembra alguém que conheço, mas não consigo conferir, porque estou sentada bem atrás dela.
— Este táxi é abençoado — diz o motorista assim que nos instalamos —, pois sou testemunha de Jeová. Alguém aqui já encontrou Jeová? Eu o encontrei. Vocês não acreditariam se eu dissesse que tipo de homem eu era antes de encontrá-lo.
O táxi roda. Um público cativo.
— Eu era o maior alcoólatra e não podia ver um rabo de saia nesta cidade... (Vira-se para mim.) Sim, meu irmão... Todo dia, eu precisava de três garrafas de rum e uma nova mulher. Cada dia que Deus fez. E eu as achava. (Ainda sinto um leve orgulho em sua voz.) É fácil fazer o mal, mas o bem, ah! o bem, são outros quinhentos. (Bate no volante várias vezes com a palma das mãos.)
— *Amém* — diz a mulher sentada atrás conosco.
Minha mãe olha fixo para a frente, como se estivesse fazendo um esforço sobre-humano para não prestar atenção no que os outros dizem.
— Ah sim! eu era casado... Não, não, isso não quer dizer que eu não fosse casado na época, e eu também tinha filhos com minha mulher. Minha mulher era católica, mas muito fervorosa, sim, isso existe. Toda manhã, antes de ir para meu trabalho, eu devia deixá-la na catedral para ela rezar pela salvação da minha alma. Nada ia como ela queria. Eu bebia cada vez mais e colecionava amantes. Até eu pensava que isso não podia continuar assim. Às vezes, eu me perguntava se não estava possuído pelo demônio... E então um dia, um homem

entra no táxi e começa a me falar de Jeová. Não sei por quê o que ele dizia penetrava direto no meu coração como uma faca na manteiga. Eu que nunca escutava ninguém. Foi assim que me tornei testemunha...

— *Amém* — grita a mulher da cesta.

Altagrâce
O táxi vira na rua Magloire-Ambroise para parar imediatamente em frente a um salão de beleza para senhoras. Uma jovem vem correndo até a porta do motorista.

— É o boletim dele.

O motorista coloca calmamente seus óculos para olhar as notas escolares de seu filho, imagino. Ele demonstra satisfação com o que vê. O salão de cabeleireiro parece vazio, não fosse uma mulher gorda de bobes que estica o pescoço para tentar ver o que se passa fora. O motorista entrega, finalmente, com um largo sorriso, o boletim para a jovem, passando-lhe também um envelope.

O táxi arranca instantaneamente.

— Tenho dois meninos com Altagrâce — diz. — É uma mulher do Cap. Boa pessoa. Ela estava com as Irmãs da Caridade quando a encontrei. Fui eu quem a tirou do bom caminho. Vocês entendem o que quero dizer. Agora, não estamos mais juntos, mas me esforço para cumprir meu dever. Cuido das crianças. O envelope, era o dinheiro para a escola. Isso é importante para mim, a escola. As crianças não são animais. Não podemos nos contentar em só colocá-las no mundo, é preciso pensar na educação delas. E levo isso muito a sério. Se eu morrer o que posso deixar para elas? Nada. Sou um pobre homem que se vira para sobreviver. Felizmente os olhos de Jeová não me deixam nunca.

— *Amém* — aprova a mulher da cesta.

A fera
Faz um calor terrível dentro do táxi. Não consigo mais respirar. Tenho a clara sensação de que estamos sendo cozidos lentamente numa enorme caldeira. Um cheiro de enxofre. Bastaria alguém riscar um fósforo para explodir o táxi.

Minha mãe me estende um lencinho bordado que ela acaba de tirar de sua bolsa.

— Se vocês não estiverem com muita pressa — diz o motorista com uma voz um pouco culpada —, vou fazer um pequeno desvio... Não é muito longe...

E sem esperar nossa resposta, vira à esquerda para voltar a subir a travessa Romain. O táxi para bem em frente à rádio Caraïbes. O motorista dá duas buzinadas. Um menininho de mais ou menos dez anos chega correndo.

— Entregue isso para sua mãe — diz o motorista estendendo-lhe um envelope.

O táxi começa a rodar devagar. Na mesma hora, uma mulher de uns quarenta anos chega do fundo de um longo corredor. Levou um certo tempo para que víssemos que ela tinha os seios à mostra. Um enorme par de seios.

— Posso falar com você, Josaphat...

Em vez de parar como lhe pedia, ele até acelera.

— Para, cafajeste. Quero falar com você.

— Estou com pressa, Mimose.

— Está com pressa! Vou esmagar seu saco!

Já estamos no cruzamento. O táxi vira à esquerda, na rua Capoix.

— Essa mulher é uma verdadeira fera — acaba sentenciando a título de explicação. — Sempre procurando briga, me insulta, me ataca, me ameaça, quer me cegar, me arrancar as tripas, eu lhes digo: é uma verdadeira fera. Tem gente assim, parece, e não se pode fazer nada. Vejam, ela sai na rua sem sutiã, sendo que tem um filho para educar, o meu filho. Eu a encontrei em Croix-des-Bouquets, um lugar lindo. Ah!

Senhor, como ela era bonita! mas não tinha nenhuma educação. Ainda estava como em estado selvagem... Faz um mês, ela rasgou com uma navalha todo o estofamento do carro. Fui obrigado a pagar para refazê-lo inteiro. Então, pulei um mês. Nada de dinheiro. É por isso que ela está furiosa. Não sei como ficou sabendo que dou para Altagrâce o dobro do que lhe dou em dinheiro, mas é natural, tenho um filho com ela e dois com Altagrâce. Além do mais, não é o mesmo tipo de pessoa, não mesmo...

O amor
O táxi para. A jovem sentada no banco do carona desce depois de pagar a corrida.
— Lisa!
Ela se volta.
— Você! O que está fazendo aqui?
Desço prontamente do táxi para abraçá-la. "Ah! Lisa. Como você me fez sofrer." Ela passava todos os dias na frente da minha porta a caminho da escola. "Quantas vezes sonhei com você!" Um beijo de Lisa, foi tudo o que eu quis durante cinco anos.
— Acabei de chegar.
— Espere, mas faz vinte anos que a gente não se vê, não é?
— Exatamente.
— Bom, não posso dizer que não vi você. De tempos em tempos te vejo na tevê. Minha mãe sempre diz que você continua o mesmo. Sempre de bom humor... Escute, comigo foi diferente, tive um casamento que não deu certo, tenho um filho, sou divorciada e trabalho no museu de arte. Você devia dar um pulo lá pra ver nossa exposição, temos coisas muito bonitas.
— Agora você está indo ver sua mãe? Ela ainda mora no mesmo lugar?

Ela sorri.

— Você não esqueceu... Moro com minha mãe, desde o divórcio.

Uma buzinada.

— Não estou com pressa — diz o motorista em um tom sarcástico.

Beijo Lisa.

— Vou dar uma passada no museu, sim...

— Fechamos às cinco. Gostei de te rever.

Vejo-a cruzar o portão. Um pouco nervosa, não consegue fechar direito o trinco. Oh! sua nuca...

A revelação

Retomo meu lugar ao lado de minha mãe. Um homem já está sentado na frente, no banco de Lisa.

— Ele vai perto do cemitério — assopra ao meu ouvido minha mãe —, fica no nosso caminho.

— A jovem — pergunta o motorista —, o senhor a conhece bem?

— Sim, mas fazia vinte anos que não nos víamos.

— Não deveria me meter no que não é da minha conta... Mas será que posso dizer uma coisa?

— Claro — respondo com certa inquietação.

— Essa mulher está apaixonada pelo senhor.

— Eu também notei — acrescenta a mulher da cesta.

— Ah, é?... Como assim? Não notei nada — balbucio como uma criança pega em flagrante.

— É isso mesmo — diz o motorista —, e eu entendo do assunto. Pode acreditar, ela o ama.

— Não entendo como podem dizer uma coisa dessas.

— Tenho certeza — diz o motorista. — Ela o olhou com os olhos mais doces que eu já vi...

Solto uma risada um tanto artificial.

— Ah! Logo se vê que vocês não conhecem a Lisa... é o jeito dela.

— Duvido — diz o motorista com determinação — que ela olhe todo mundo desse jeito. Essa mulher, meu irmão, sempre o amou. Portanto, abra o olho.

— *Amém*! Os homens são cegos — conclui a mulher com a cesta no colo, em um tom mais firme.

— Nem todos — observa com uma voz muito suave o homem sentado ao lado do motorista.

— Não falava do senhor — retoma em seguida a mulher da cesta com certa afetação.

O táxi para diante da clínica do Portail Léogâne.

— O senhor não é o doutor Samedi? — pergunta minha mãe quase num tom de deferência.

— Sou — ele diz com uma voz mais grave que há pouco. — A senhora me conhece?

— Pessoalmente não, mas ouvi falar do senhor.

— Bem, espero.

— Claro — diz minha mãe com um risinho na garganta que eu não conhecia. — É uma amiga em comum: Georgette Per...

— Ah! Georgette... É uma boa amiga. Cumprimente-a de minha parte. E obrigado... — diz o doutor em tom mais animado ao motorista que acaba de lhe dar o troco. — Até logo, senhora.

— Até logo, doutor — diz minha mãe com certo orgulho.

A escolha

Minha mãe volta a ficar em silêncio. Acabo de me lembrar, de repente, que minha mãe sempre sonhou que eu me formasse médico. Não só porque é uma profissão de prestígio, mas sobretudo porque, ao cuidar de doentes, não põe a vida em risco. Mesmo assim, ela nunca interferiu na minha escolha de vida, mesmo quando o rumo que tomava parecia o mais perigoso possível. Com dezenove anos, virei jornalista em plena ditadura dos Duvalier. Meu pai, também jornalista, tinha sido expulso do país por François Duvalier. O filho dele, Jean-Claude, me empurrou ao exílio. Pai e filho, presidentes. Pai e filho, exilados. O mesmo destino. Minha mãe nunca deixará seu país. Se um dia por acaso o deixar, terei a impressão de que não há mais país. Identifico totalmente minha mãe com o país. E ela está sentada ao meu lado neste táxi que segue agora rumo a Martissant. As costas encurvadas pela dor: minha mãe, meu país.

As portas do inferno
Um *tap-tap* avança contra nós e desvia no último segundo.

— São uns loucos, esses aí — diz o motorista. — A gente se pergunta onde foi que tiraram a carteira de motorista. Eu sei, eles compraram. Quando venho aqui, tenho a impressão de dar uma volta no inferno.

— Nem todo o mundo tem condições de morar na cidade — diz a mulher da cesta com alguma exasperação na voz. — Sempre morei no Champs-de-Mars, ao lado do cinema Paramount, até meu marido morrer. Em vez de levar em conta nossa situação, o proprietário aumentou o aluguel, e tive que me mudar para Martissant. Claro que esse não é o meu meio. Primeiro, a diferença do aluguel não é tão grande e, além disso, é tudo tão sujo e barulhento. Podem acreditar: pago quase a mesma coisa que antes... Além do mais, meus filhos iam à escola pertinho, no colégio Saint-Martial...

— A senhora não os tirou de lá, espero! — quase grita minha mãe. — É uma excelente escola.

— Eu sei, senhora, mas não vou poder pagar durante muito tempo a taxa do transporte.

— É um crime — continua minha mãe —, a senhora tirar seus filhos dessa escola. Sei que estou me metendo no que não me diz respeito, mas...

— Eu sei, senhora, mas é duro demais para mim. Estou no fundo do poço. Não posso fazer mais um sacrifício. Não tenho mais sangue para dar. Se tivessem me dito que a vida seria tão dura, teria ficado lá onde estava antes, nunca teria deixado Bainet para vir para Porto Príncipe. Fazer tanto sacrifício para me achar aqui, hoje, definhando em Martissant...

— É preciso acreditar em Jeová — diz o motorista de táxi —, só ele sabe a medida do nosso sofrimento e poderá apaziguá-lo.

— Oh! às vezes — diz a mulher da cesta com um longo suspiro — eu me pergunto se ele não está do lado dos ricos.

— Não, senhora, não diga isso... — dispara o motorista quase com raiva. — Que cada um viva conforme a sua consciência, mas a cólera de Jeová será terrível.

— Não vou dizer que não, mas olhe os castelos que os ricos constroem na montanha, enquanto nos enterramos mais e mais nessa lama preta e fedida. Tenho que respirar isso todos os dias. Se não fossem as crianças, há muito tempo teria posto um fim nos meus dias. Aliás, não tenho medo de morrer, senhora... — diz dirigindo-se a minha mãe. — Os mortos são mais felizes que nós.

— Mas a senhora não pode ter certeza disso — diz minha mãe.

— Posso, sim! O que me faz pensar isso é que ninguém voltou.

Um silêncio de morte.

A mulher paga a corrida e desce do táxi para se perder na onda humana de Martissant.

Tenho certeza de que não a verei nunca mais. Como enfrentará o vendaval da vida? Não sei.

O afogamento

— Essa mulher ainda não viu nada — diz o motorista com um ar grave. — Aqui é só a porta do inferno.

— O que o senhor quer dizer com isso? — pergunto.

— Quero dizer — batuca o motorista no volante com as mãos —, que há lugares onde pensam que é preciso ser rico para morar em Martissant.

Sinto minha mãe estremecer ao meu lado. É o medo de sua vida. A queda social. Essa descida sem fim. É preciso resistir, claro, mas de repente estamos embaixo da água, e aí não há mais nada a fazer. O afogamento!

— Vou tentar evitar o morro Nelhio — diz o motorista —, pegando o Carrefour-Feuilles.

— Sim — diz minha mãe com uma voz quase apagada —, faça isso.

E fecha os olhos apoiando sua cabeça levemente em meu ombro. Olho um longo momento aquele rosto cansado. Um cansaço antigo.

PAÍS SONHADO

Ça manman ti chatte té di'l la,
manman ti rate té di'l li anvant.

(O que a mãe do gatinho lhe ensinou,
a mãe do ratinho lhe havia ensinado muito antes.)

Fui ver, sem marcar hora, o professor J.-B. Romain, da Faculdade de Etnologia da Universidade do Estado do Haiti. Ele ainda não tinha chegado a sua sala. Uma velha secretária indicou-me uma cadeira que parecia ter pertencido ao Imperador Faustin I. Esperei perto de uma hora e meia. De repente uma voz quente às minhas costas. Viro-me: o professor J.-B. Romain está bem ali, diante de mim. Ele me faz entrar imediatamente nesse cubículo cheio de objetos heteróclitos: máscaras, estátuas pré-colombianas, esculturas africanas.

— Tenho duas ou três coisinhas para lhe perguntar, professor.

— Vamos lá — diz olhando o relógio —, não disponho de muito tempo. Neste país, tudo vai rápido demais para o meu gosto. Sou um cientista, estou acostumado a trabalhar sobre objetos muito antigos — dá uma olhada em volta — e de repente agora pedem minha opinião sobre histórias que acontecem sob nossos olhos. Preciso de tempo. Na minha análise do Haiti, ainda estou na África, entende. É preciso ir até a raiz das coisas. Os povos têm uma história, é preciso começar pelo início, mas essas pessoas querem que eu reaja como um jornalista, no calor dos fatos. É impossível! Eles não querem entender.

— Quem não quer entender?

— Não sei... Todos aqueles que estão lá... (Faz um gesto com a mão na direção do Palácio Nacional.) É o major Sylva quem me contata em nome deles: do presidente, dos membros influentes do estado-maior, e até dos americanos. Os americanos acham que podem comprar tudo com seus dólares. Mas dinheiro não resolve tudo. Eles só conhecem essa solução. Como discutir com homens que nem mesmo vemos! Bem, o que o senhor queria me dizer?

— Acho que não é urgente, professor, o senhor parece ter muitas preocupações.

— Desculpe-me falar dessas coisas, mas às vezes basta uma gota para fazer transbordar o vaso. Por que esses americanos recusam-se a admitir que este país possui alguns dons particulares e que não estão à venda? Nossos sonhos, nossas paixões, nossa história, tudo isso não está à venda. É somente para defender essa herança que continuo aqui e aqui morrerei. Eles terão que passar sobre meu cadáver para... Bem, chega, diga-me o que o senhor quer, agora que me acalmei.

— Vou direto ao assunto, professor... O senhor acredita que seja possível morrer e voltar depois à Terra?

Um breve silêncio.

— É a coisa mais banal, meu jovem amigo. Estou corrigindo a tese que um de meus alunos redigiu sobre os zumbis.

— Não falo de zumbis, nem de pessoas que, logo depois de serem mortas, são obrigadas a voltar entre os vivos para trabalhar.

O professor J.-B. Romain levanta a mão direita para me interromper.

— Primeiro, não foram mortas. O golpe é esse. Fazem a família acreditar que a pessoa morreu, mas na realidade...

— Professor, foi isso que eu quis dizer.

O rosto do professor torna-se subitamente grave.

— Então, do que o senhor está falando?

— Falo de alguém que teria aceitado morrer para ir ver o que se passa lá e depois voltar para o meio dos vivos.

O professor J.-B. Romain coça a cabeça pensativo.

— Humm... É mais complicado. É um velho sonho aca-

lentado por todos os etnólogos deste país, mas, até onde sei, ninguém ainda o realizou.
— E se alguém viesse lhe propor isso?...
— Isso o quê?
Parece que acabo de despertá-lo de um sono profundo.
— Propor-lhe, professor, que seja o primeiro etnólogo a ir lá.
— Evidentemente que eu ficaria tentado — diz com um riso contido.
— Como o senhor diz isso, professor? Pensei que ficaria louco de alegria.
O professor abana a mão como para afastar uma mosca do rosto.
— Ninguém pode propor uma coisa dessas sem que haja algum risco.
— Certo, professor, o saber absoluto... a possibilidade de compreender tudo, de ver tudo, de sentir tudo de uma vez... Aqui, o senhor formula hipóteses, suas reflexões sobre a morte não são definitivas. Pode-se contestar suas explicações dos símbolos da morte no vodu. Mas seria diferente no seu retorno. O senhor poderia dizer de maneira categórica: "A morte não cheira a flor de laranjeira, seu cheiro está mais para axilas, ponto final. Fim do debate".
— É muito interessante tudo isso, mas se eu não tivesse que voltar... Quem me diz quantos já receberam essa proposta e não voltaram?
Ele já se levanta.
— Vou fazer-lhe uma última pergunta, professor.
— Faça logo, já estou atrasado para minha aula — diz dirigindo-se para a porta.
— Honestamente, o senhor acha que é possível?
Ele volta um momento.
— O quê? Ir lá e voltar? E sobretudo — diz com um sorriso irônico —, que o deixem escrever sobre o assunto?

Um tipo de reportagem sobre o "velho país". Se me fizessem tal proposta, eu me perguntaria o porquê. O que querem de mim? Não seria, certamente, pelos lindos olhos de macaco velho de J.-B. Romain.

— Só quero saber, professor, e desculpe a minha insistência, se é possível ir e voltar são e salvo, sem que o espírito seja afetado de alguma forma?

Um momento de silêncio intenso. O professor olha o relógio. E senta-se de novo.

— Escute, o senhor sabe que há apenas um século os homens, quero dizer os brancos, ainda não iam ao espaço. Falo do simples avião. Segundo a lei da gravidade: tudo o que é mais pesado que o ar deve cair na direção do centro da Terra, é mais ou menos isso, se bem me lembro dos meus antigos estudos... Bem, os ocidentais, desde então, fizeram imensos progressos, o que torna possível hoje que o homem ande na Lua...

Não creio que seja o momento de falar-lhe da teoria do senhor Pierre que afirma que há muito tempo os haitianos passeiam na Lua.

— Eles, os ocidentais, escolheram a ciência diurna — continua o professor —, que chamam simplesmente de ciência. Nós, ao contrário, adotamos a ciência da noite, que os ocidentais chamam, pejorativamente, de superstição. Devo dizer que, se eles fizeram inegáveis progressos na zona deles, nós também não brincamos em serviço. Há cem anos, não podíamos imaginar um homem na Lua (salvo nosso amigo Verne), hoje está feito: um homem foi lá, pisou sobre e voltou para a Terra. Neil Armstrong também escreveu um livro relatando essa experiência... Claro, o país da morte é mais distante. Um pouco mais distante, um pouco mais próximo, o importante é que ele é invisível. Eles fizeram progressos, nós também progredimos, mas não costumamos falar disso.

— Talvez os deuses vodus queiram que falemos agora.

Talvez eles queiram simplesmente um reconhecimento internacional... Porque, professor, o que vale Santa Cecília comparada a Erzulie Dantor,[5] dita Erzulie dos olhos vermelhos? O que vale um simpático São Cristóvão comparado ao terrível Ogou Badagri,[6] o mestre do fogo, ou o inocente São Francisco de Assis comparado ao Baron Samedi,[7] o zelador dos mortos? Essas pessoas querem, talvez, que o mundo inteiro reconheça seu poder, e me escolheram para esse trabalho de propaganda. Resta uma única pergunta: por que eu?

— Hein! (O professor ainda refletia.) Por que o senhor? Ah! isso não tem nenhuma importância, meu jovem amigo. Todos dizem isso: "Por que eu?". A Virgem disse. Davi disse, pouco antes de seu combate com Golias que devia lançá-lo na cena cristã. Saul disse quando o chamaram. Mesmo Abraão disse. "Por que eu?" Do ponto de vista místico, essa pergunta nunca teve resposta. "Por que eu?" Por que não?! Bom, agora preciso ir mesmo, mas retomaremos esta interessante discussão em outro momento.

— Mas professor, não é uma simples discussão, e não são hipóteses... Alguém veio realmente me ver.

O professor J.-B. Romain já tinha ido para sua aula.

---

[5] Deusa do amor e protetora dos lares, tem uma face diurna e outra noturna, com atributos femininos opostos. É representada pela imagem de uma mulher chorando. (N. da T.)

[6] Um do avatares de Ogou (Ogum), deus dos exércitos, patrono dos ferreiros e protetor dos valentes. (N. da T.)

[7] Entidade guardiã dos cemitérios e responsável pelos espíritos dos mortos. (N. da T.)

PAÍS REAL

*Lang ac dent cé bon zanmi,
yo rété nan minm caille, gnoune pas rinmin lote.*

(A língua e o dente são dois bons amigos
que moram na mesma casa, detestando-se.)

O amigo reencontrado

— Que é que você está fazendo aqui? — pergunto, a respiração entrecortada.

Ele se contenta em sorrir.

— Alguém me disse que te viu no aeroporto.

Nos abraçamos.

— Deixa eu olhar um pouco para você — diz Philippe.

Nos olhamos.

— Que loucura — Philippe comenta —, quando você foi embora, a gente tinha vinte e três anos, os três. Você, eu e o Manu. Não censuro você por não ter dito, nem para nós, teus melhores amigos, que ia embora.

— Escuta, Philippe...

— Não vale a pena. Tua mãe me explicou, algum tempo depois da tua partida, que ela pediu pra você não contar pra ninguém.

— Que noite! Eu me lembro bem: estava com você e não podia dizer nada... A Antoinette também estava lá... Eu não podia dizer nada...

— Tua mãe tinha razão. Saiba que eles te procuraram em todo lugar durante pelo menos um mês.

— Vinte anos, hein?!

— Pois é — diz ele —, vinte anos.

Nos abraçamos de novo.

O remédio

Tia Renée chega com uma grande jarra de suco de romã e dois copos. Minha mãe já foi para a cozinha. Com certeza ela vai preparar alguma coisa para nós. Um prato rápido. Ela sabe que Philippe nunca fica muito tempo no mesmo lugar. Minha mãe e tia Renée gostam muito de Philippe porque ele é educado e está sempre de bom humor. Principalmente porque ele não deixou de vê-las depois de minha partida.

— O remédio que você me deu no mês passado, Philippe, me fez muito bem — diz tia Renée mostrando o frasquinho vazio que ela acaba de tirar do bolso.

— Tenho outros no carro... Vou buscar para a senhora — diz Philippe levantando-se no mesmo instante.

— Phil, não tenha pressa... — diz tia Renée. — Beba seu suco com calma, você me dá antes de ir embora.

Philippe já estava no portão.

O trio infernal

Minha mãe e tia Renée têm tanta confiança em Philippe quanto têm medo de Manu. Tia Renée diz que ela não lhe confiaria nem mesmo seu pior inimigo. Manu lhes dá realmente medo. Imprevisível demais. E aquele charme venenoso. Ele agrada as mulheres, e isso desagrada tia Renée. Conheci primeiro Philippe. Foi há trinta anos. Trinta, que número! Éramos como dois irmãos. Dividíamos tudo. Até mesmo as mulheres. Até que chegou um terceiro ladrão: Manu. É preciso dizer que naquela época as mulheres não nos interessavam tanto. Queríamos antes de tudo a vida. Em todas as suas formas. Mudar as coisas. Lembro-me que andávamos sem parar pela cidade. Queríamos conhecer tudo, entender tudo, sentir tudo. Um desejo furioso de viver. Mais rápido! Sempre mais rápido!

Antoinette

Foi Philippe que a trouxe. Ele fazia questão de apresentá-la. A cada encontro, ela não vinha. Começamos a caçoar, Manu e eu, sobre a garota dos sonhos. Um dia, ela chegou, e nos encantou a todos. A cada um de um jeito. No caso de Philippe, era uma página virada. Eu me apaixonei assim que a vi, mas nunca o confessaria, nem sob tortura. Quanto a Manu, sempre fingiu ignorá-la. Ficávamos com Antoinette como três jovens escoteiros em volta da fogueira: fascinados.

Bicarbonato de sódio

Philippe não achou o remédio, mas trouxe outra coisa.

— Mas isto é bicarbonato de sódio — quase grita tia Renée depois de ter provado com a ponta da língua.

Ela arregala os olhos.

— Este menino é um verdadeiro feiticeiro. Como você sabia que eu estava precisando? Marie sempre esquece de comprar quando vai à farmácia Séjourné. Desde que o filho ligou para dizer que vinha, Marie perdeu a cabeça. Você lhe diz uma coisa, ela responde, mas esquece no mesmo instante o que você acabou de dizer, e até o que ela respondeu...

— Tenho as costas largas — diz minha mãe chegando na varanda. — Sou o único assunto das conversas da Renée.

— Somos só nós duas aqui, Marie, e faz bem rir às vezes — diz tia Renée com uma gargalhada.

— Está na mesa... — diz minha mãe. — Venham comer, senão esfria.

Lembro-me, faz vinte anos, minha mãe usava essa mesma expressão ("venham comer, senão esfria") para nos chamar à mesa, a Philippe e a mim. É preciso apurar o ouvido para escutá-la. Seu tom é muito discreto.

— Vamos — diz tia Renée —, eu como mais tarde.

A refeição

Como sempre, minha mãe fez uma refeição simples, leve e suculenta: arroz branco, frango com chuchu e banana frita. Salada: abacate e tomate. De sobremesa, pudim de batata-doce.

Ela se senta à nossa frente.

— Pegue um pouco mais de frango, Philippe — diz minha mãe.

Ela põe mais arroz no meu prato quando acha que não tenho o bastante.

— Obrigado... — diz Philippe. — Adoro essa comida.

Minha mãe sorri. Estamos em 1976 ou em 1996?

Uma arte

— Devo confessar uma coisa — diz Philippe para minha mãe. — Como eu sabia que ia passar aqui, não tomei café da manhã.

— Obrigada, Philippe.

— Sempre lisonjeiro — diz tia Renée, que tem preferências alimentares bem diferentes das de minha mãe.

— Não entendo — diz Philippe —, para mim é um mistério. Por mais que eu explique lá em casa o que eu gosto e como preparar, nunca é como aqui.

— Mas não tem segredo — diz calmamente minha mãe.

— É como escrever — digo —, também não tem segredo. Você sabe ou não sabe, ponto final.

— Entre a cozinha e a literatura — declara um Philippe gozador —, prefiro de longe a cozinha.

— Bom, vamos embora — digo.

— Esqueci de dizer, Velhos Ossos, que um tal doutor Legrand Bijou telefonou. Ele quer que você vá vê-lo.

— Obrigado, tia Renée. Espero que ele não tenha tentado te paquerar. É um sedutor perigoso. Seria capaz de fazê-la perder a cabeça, mesmo por telefone.

— Não — diz muito séria tia Renée —, ele foi correto.
— É nessas horas que é preciso tomar cuidado. É um homem rodeado de mulheres, e as mulheres adoram homens com cheiro de outras mulheres. Tem certeza que ele não mexeu com você?
— Tenho. Ele foi educado, mas...
— Ah! ah!
Tia Renée acaba de perceber que estou brincando.
— Ah! seu malandro, eu ainda te pego. Achei que com um nome desses, Legrand Bijou, não se pode ir longe na vida.
— Como assim?! — diz minha mãe. — Pelo contrário. Legrand Bijou, é um nome que me faz sonhar.
— Mais uma! — grito.
Elas riem sem parar.

Os burgueses
Um jipe vermelho.
— Carro novo, Philippe?
— Em troca, dei meu carro velho e o da minha mulher, que era praticamente novo. Ainda falta pagar dez mil. Sabe o que é? Tem tantas crateras nesta cidade que, juro, só andando de jipe.
— O que é preciso é ter boas estradas. Por que vermelho, Philippe? Você quer chamar atenção?
— Ei! chega, não vou explicar cada gesto meu. Você, eu nem imagino como vive lá.
— Tem razão!
Começo a cantar:
— "Os burgueses são como os porcos..."
Philippe me acompanha:
— "Quanto mais velhos, mais burros."
E retomamos o refrão em coro. O possante jipe ignora os buracos. O olhar cheio de amargura dos pedestres.

— Você acha — diz Philippe depois de um momento — que ainda hoje alguém conhece essa canção? O desprezo pelos ricos já não está na moda. As pessoas só querem é ter um bom jipe.

— É o que você pensa, Philippe, porque olha a realidade do alto do seu jipe.

— É a realidade... e todos que pensavam o contrário estão atualmente sendo comidos pelos vermes.

— Não sei Philippe... não sei mesmo...

— Espero que você não esteja aqui para mudar as coisas.

— Não, Philippe... Sou só um *voyeur*.

— Ah! você veio fazer um livro. Melhor assim. Menos perigoso. Digo isso porque não quero perder você. É isso que acontece com todos os que voltam depois de vinte anos para mudar as coisas, como se as coisas tivessem que mudar só quando eles pensam nelas. Parece que olham o relógio e dizem: "Olha, está na hora de voltar para mudar as coisas". As coisas somos nós. Os que ficaram. Os que não deixaram o país quando ele ia mal...

Philippe dirige o possante jipe como se a rua estivesse vazia. As pessoas andam pelo meio da rua como se o carro ainda não tivesse sido inventado. É um problema.

— Você não tem medo de atropelar alguém dirigindo desse jeito?

— Só é possível dirigir desse jeito, Velhos Ossos...

— Como assim?

— É tudo cronometrado. As pessoas sabem exatamente a que velocidade você vem e quando vai reduzir. Aliás, é nesse momento que pode haver confusão.

— Que maneira mais curiosa de se justificar.

— A prova é que há muito poucos acidentes. Os raros acidentes são causados por pessoas como você...

— Como?

— Pessoas que voltam do exterior. Elas perderam o ritmo. É como uma dança, sabe? O menor passo em falso é fatal. Rápido demais, não dá certo. Lento demais, também não. Entende?

— Não.

A questão é que eu não quero entender. Não tão rápido. Não quero aceitar de cara essa ordem das coisas.

— Ah! sei — diz Philippe com ar de entendido. — Você vai ter que reaprender a dançar o merengue. Primeiro, eu não disse que aprovo o que se passa neste país, apenas percebo uma espécie de acordo, sempre a dança, e você sabe, não se pode mudar o passo sem mudar a música. Por exemplo, se você estivesse agora no volante, ia ver como as pessoas não te deixariam passar. Você ia parecer indeciso. Fique sabendo que isto aqui é uma selva. Os pobres são agressivos. Os ricos são agressivos. O sol é forte demais. E a vida é dura.

— Ei! Não me venha dizer que a vida é dura para todo mundo!

— Escute — declara ele —, é o Manu quem cuida desse aspecto da realidade.

Gargalhadas no jipe.

A divisão do trabalho
É verdade que temos, cada um, nossa especialidade. Manu, é a política nua e crua. Philippe, a vida inocente. Eu, a literatura. Antoinette? Antoinette é o nosso centro. Ela se interessa por política, por literatura e pela vida.

Café Madame Michel
— Vou te mostrar uma coisa — diz Philippe com o sorrisinho que conheço bem.

O jipe vira bruscamente à esquerda, na esquina da mercearia Delpé.

— Que foi?

Philippe se contenta em sorrir.

— Oh! entendi — digo quando percebo o velho templo das testemunhas de Jeová.

O jipe para na frente do café *Madame Michel*. O restaurante dos cegos. Quer dizer: é melhor não olhar o que se come. O que é absolutamente falso. A cozinha de Madame Michel é excelente (a famosa sopa de legumes da quinta-feira à noite). Foi Manu quem nos trouxe aqui. E durante anos podíamos ser encontrados nessa mesa, perto da porta. Toda noite, das sete às dez. A filha de Madame Michel trabalhava como garçonete nos fins de semana, e era louca por Manu. O que nos permitia comer de graça aos sábados e domingos.

— Você não quer ir dar uma olhada? — pergunta Philippe.

— Sei muito bem o que acontece lá dentro. E não quero ficar sabendo que Madame Michel morreu ou se aposentou.

— Ela morreu — diz calmamente Philippe.

— Como assim?

— Morreu no ano passado. Ouviram, parece, um barulho na cozinha. Alguns clientes foram ver. E a encontraram com a cabeça dentro do caldeirão de óleo quente. Parada cardíaca fulminante. Morreu na hora.

Eu me lembro dela: alta, bem magra, as mãos ossudas. O sorriso raro. Sempre trabalhando.

— Tem uma coisa que sempre me intrigou.

— O quê? — pergunta Philippe.

— Será que existiu um Sr. Michel?

Gargalhada de Philippe. Grudo o corpo contra a porta para evitar os famosos tapas na minha coxa ou nas costas.

— A mim também, isso sempre intrigou — termina por dizer, ainda rindo. — Fui ao enterro, e me mostraram o Sr. Michel. A maioria dos clientes o via pela primeira vez. Parecia até que era ele e não Madame Michel o centro das atenções naquele dia.

— Então, existia um Sr. Michel.

Uma lembrança

O jipe roda desviando habilmente das crateras. Philippe guia com segurança. Uma maneira de me dizer que é a sua cidade. Olho pela janela da direita. As árvores, as pessoas, as casas desfilam diante de meus olhos. Agarro no ar uma lembrança.

— Não sei dizer quantas vezes mijei nesse muro.

O jipe segue seu caminho, indiferente às minhas emoções. Como o tempo, aliás.

As ruas

Philippe vira-se para mim.

— Diga o que mais te chocou desde que você chegou.

— Para isso, tenho que passar pelo menos uma semana — digo para evitar esse tipo de conversa.

— Nada disso — insiste Philippe —, depois de uma semana, tudo muda. Você já não vai ser o mesmo homem. Vai ter tirado conclusões. Quero alguma coisa espontânea.

— Oh! é tanta coisa...

— Por exemplo?

— As ruas, tinha esquecido que eram tão estreitas.

— Só isso? — diz Philippe.

— As pessoas também. Não tinha guardado na memória toda essa magreza, mas não é isso o que mais me espanta.

— E o que é?

— Não sei como dizer... Eu...

— Você?!

— Não sabia que isso tudo me fazia tanta falta.

— E do que você sente tanta falta?

— Não sei. De tudo. Dessa poeira, dessas pessoas, da multidão, do *créole*, do cheiro de fritura, das mangas no pé, das mulheres, do céu azul infinito, dos gritos intermináveis, do sol impiedoso...

— Nossa! — diz Philippe freando bruscamente — então já era tempo...

— Já era tempo — digo baixinho. — Vinte anos é bastante...

— É demais...

— De jeito nenhum. Eu até estava feliz, mas como que à margem da vida. Da minha vida.

Um longo silêncio no jipe. Por fim, partimos.

O preço do tempo
— Você pode dar uma parada no museu de arte?
— O verdadeiro turista — solta alegremente Philippe.
— É que preciso ver uma pessoa lá.
— Estava brincando. Seja como for, você sempre gostou de pintura.

Philippe vai estacionar, à sombra, embaixo de uma árvore.

— Te espero aqui.
— Não demoro — digo abrindo a porta do jipe.
— Fique o tempo que quiser, Velhos Ossos... Aqui, o tempo não custa nada.

Minhas pinturas
Eu sempre vinha aqui, antigamente. Passava horas diante dos quadros. Há duas telas de que eu gostava muito. *Le Bourgeois chez lui*, de Mucius Stéphane, que representa, acho, um homem sentado em uma cadeira de balanço com um gato no colo ou a seus pés, não me lembro. A outra tela é um retrato inacabado da *Grande Brigitte* por Hector Hyppolite. Hoje, tudo isso está bem misturado na minha memória. Há também o tríptico de Wilson Bigaud (*Paradis, Purgatoire, Enfer*), uma selva de Salnave Philippe-Auguste, e um magnífico Louverture Poisson (*Haïti chérie*, acho) que representa uma mulher muito sensual sentada em uma cadeira baixa pentean-

do-se diante de um grande espelho. São imagens gravadas na minha carne que me acompanharam durante essa longa viagem ao norte.

Lisa
Fico olhando para ela enquanto mostra o museu para dois turistas. Ela me faz um sinal insistente para esperá-la. Olho um pouco os cartões postais. Finalmente, ela vem falar comigo.
— Não te esperava tão cedo...
— Estava passando na frente do museu. Antigamente, eu vinha sempre...
— Me disseram... Você conhecia Pierre Monosiet, o antigo conservador?
— Sim, foi ele quem me iniciou na pintura... Ele também é de Petit-Goâve.
Damos uma volta pelo salão de exposição.
— Gosto muito deste trabalho — acrescenta. — Não é muito bem pago, mas prefiro ganhar menos fazendo uma coisa que me agrada.
Paramos diante de uma tela de Philomé Obin, o velho pintor de Cap-Haïtien.
— Philomé Obin — digo —, nunca entendi por que o valorizam tanto, no mesmo nível de Hector Hyppolite ou de Robert Saint-Brice. O que ele faz parece tanto com ilustração.
— Você tem razão — concorda ela sem preâmbulos.
Dou uma olhada para o carro. Philippe está lendo o jornal.

Retrospecção
Bruscamente, ela se vira para mim.
— Você tem alguma coisa para me dizer?
— Não — digo em um tom falsamente relaxado.

— Estou ouvindo...
— Bem, vou dizer...
Um tempo.
— Não sabia que você era tímido.
Ela toca levemente a testa.
— Está sentindo alguma coisa?
— Não, não é nada. Minha eterna enxaqueca. Diga o que você tem a dizer. Você me deixa sem fôlego — acrescenta com aquele sorriso lindo de fada sininho.
— Tá bem... — mergulho — você já foi apaixonada por mim?
Seu olhar dirige-se fixo na direção da árvore que vemos do outro lado da rua.
— Para te dizer a verdade — começa ela...
De repente minhas mãos ficam úmidas.
— Sim?...
Ela dá uma risada. Um riso claro e alegre com leve fundo de tristeza. Algumas pessoas viram-se para nos olhar.
— Você acabou de chegar e já quer me fazer perder a reputação.
— Você tem razão. Acho que fiz uma pergunta embaraçosa demais...
— De jeito nenhum... Vou te responder... Sim, fui apaixonada por você.
Silêncio.
— Você não diz nada... Agora é você quem está sem jeito.
A máquina de voltar no tempo trabalha a uma velocidade infernal. Busco em minha memória um indício que seja.
— Não posso acreditar numa coisa dessas — acabo balbuciando.
— E no entanto — diz com um sorriso meio triste —, é a verdade. Eu era louca por você.
— Você! Não diga isso, Lisa, dói muito.
— Sim, e você não me olhava nunca.

— Eu! Não te olhava nunca! — retruco, com a respiração entrecortada.

— Oh! claro, você era gentil comigo, mas a gente sabe o que isso quer dizer.

O tempo parou, um instante, para mim.

— Ah! não, isso não. Tudo, menos isso. Não posso acreditar em uma coisa dessas. Lisa, você era apaixonada por mim?

Ela faz que sim com a cabeça. Alguém se aproxima para uma informação.

— Preciso trabalhar... A gente se vê?

— Sim...

— Então, até logo. Você sabe onde moro? Na casa da minha mãe. Você pode passar aqui no museu também. Como quiser.

— Até logo, Lisa.

Alguém lá em cima brincou com a gente. Mas, por quê? Senhor, por que aos dezesseis anos você não me deu Lisa? Fico com a boca amarga só de pensar. Tal maldade é indigna de um deus! Ela me amava. Eu a amava. Que mal havia nisso? Se eu continuar, vou acabar blasfemando. Não entendo. Ergo o punho para o céu.

Saindo do museu, dou uma última olhada em Lisa. Sua nuca suave.

O Rex

Philippe dobra calmamente o jornal. Nenhuma reclamação por tê-lo feito esperar. A arte de viver no Caribe. Passamos diante do cine Rex. Eu ia ao cinema quase todas as noites. Manu conhecia o cara que ficava na porta. Só tínhamos que chegar alguns minutos depois do começo do filme. Ficávamos na última fileira. Depois da sessão, íamos sempre no boteco ao lado, comer um hambúrguer. O bar ainda está aí, e vejo estudantes lá dentro. Quantas vezes Manu e eu quase nos pegamos por causa de um filme. Eu dizia que o filme era uma droga. Manu achava que era genial. Esse tipo de discussão deixava Philippe indiferente. Simplesmente não o interessava. Ele tinha visto o filme, pronto. Depois, fomos embora, cada um para o seu lado cuidar da vida, como se diz, mas o Rex ainda está aqui. E o boteco também não mudou.

— Para, Philippe.

O jipe para no ato.

— Agora dá uma ré. Você não percebeu nada?

— Não — diz Philippe —, não posso ver o que você vê agora, você sabe, não fui embora deste país. Faço este caminho no mínimo duas vezes por semana.

— Para um pouco aqui... Tudo bem, pode ir agora.

— O que era?

— Incrível, ele ainda está lá!

— Ah! — diz Philippe —, o dono do boteco.

— Gostava muito dele. Sempre calmo. Parece um hindu. Não entendo como alguém pode fazer o mesmo trabalho durante tantos anos.

— Eu posso entender — diz simplesmente Philippe.

— Sei que é assim que a gente fica gordo e rico.

— Não é uma questão de dinheiro — diz secamente Philippe, que também engordou —, é só assim que podemos construir alguma coisa.

— Pode ser, mas não tenho essa paciência.

— Também é por isso que o país está no estado em que está. As pessoas não querem dedicar o tempo para fazer as coisas direito. E principalmente, não se tem nenhuma noção de continuidade aqui... É esse o problema.

— É uma questão de temperamento, Philippe. Só estava dizendo que não é do meu feitio sentar-me todo dia no mesmo lugar durante cinquenta anos. Eu não conseguiria.

Philippe solta bruscamente uma gargalhada.

— Do que está rindo?

— Pensei no Manu. Imagino ele sendo obrigado a sentar-se no mesmo lugar durante cinquenta anos.

— Você quer dizer cinco horas! — digo rindo também.

Coles Market
O jipe parou rente à calçada, na frente do Coles Market. Lembro-me daquela propaganda que ouvíamos sem parar no rádio: "Donas de casa, passem no Coles Market, em Lalue". Na época, só havia um *market* em Porto Príncipe.

— Vou comprar umas coisas para a Elsie... Não demoro.

— Vou com você — digo, seguindo seus passos. — Sabe que é a primeira vez que vou entrar aqui?

— Não! — diz Philippe, virando-se para mim. — Você está brincando!

— Não, é verdade.

— E por quê?

— Eu tinha medo...

— Agora você está me gozando.

— Não, é verdade... Eu tinha medo de não saber como me comportar, o que dizer, como dizer, você sabe, eu tinha medo de parecer caipira.

— Não sei do que você está falando. É só um mercado.

— É o que você pensa. Você não tem ideia, sempre fez suas compras aqui. Não pode saber o que isso representa para os outros.

— Justamente — diz Philippe —, antes mesmo de viajar, você era mais avançado que a maioria dos meus amigos que passavam as férias nos Estados Unidos ou na Europa. Sempre admirei especialmente sua naturalidade...

— Quase sempre, o que eu fazia era simplesmente fingir... Eu conhecia as palavras, mas não as coisas.

— Olha só, já eu — diz Philippe rindo —, conhecia as coisas, mas não as palavras.

A maçã
— Para um pouco, vou te contar uma história e você vai entender o que acabei de dizer. Isso aconteceu aqui, há muito tempo, eu tinha quinze ou dezesseis anos. Nem sei por que, tinha vindo passear neste bairro. E vi sair do *market* uma menina da minha idade. De vez em quando, ela jogava uma maçã para cima. Então! Philippe, sob o sol daquela tarde de abril, eu me lembro muito bem, recebi o choque de minha vida.
— Amor à primeira vista — diz Philippe.
— Não. Algo mais perturbador.
— Senhor! — diz Philippe — o que pode ser mais perturbador do que se apaixonar?
— Não sei explicar. Ela tinha a pele clara, uma linda mulata, e estava segurando aquela maçã. Acrescente-se a isso: a cor dourada daquela tarde de abril.
— Continuo não vendo o que há de tão especial — diz Philippe.
— Como posso dizer? Você se lembra daquelas coisas que nos diziam, nas aulas de química, para não colocar perto pois podiam explodir?
— Não entendo aonde quer chegar...
— Não sei, mas aquilo me marcou. E durante muito tempo, eu me perguntei se aquela menina me parecia tão linda só porque tinha a pele clara e estava comendo uma maçã ou se...
— Agora entendi... — diz Philippe. — E depois de passar todo esse tempo em Montreal vendo mulheres brancas e comendo maçãs todos os dias, chegou a alguma conclusão?
— Ainda não sei. Sempre a questão da raridade. Em Porto Príncipe, a esmagadora maioria é negra, e você sabe que quanto mais um produto é raro, mais valor tem... Aqui, em matéria de mulatas, a demanda é muito superior à oferta...

— Então, você está no mesmo ponto que antes de sua partida? As jovens mulatas ainda te fascinam?

— Não sei, Philippe, acabei de chegar...

Os americanos

Reparo primeiro na sua nuca poderosa, negra, oleosa. No máximo vinte anos, nem isso. Ele está apalpando as laranjas. O corpo tranquilo. Descontraído. Presente. Sentindo-se em casa. De repente se vira, como em câmera lenta, me vê e sorri. Fico paralisado. Estou na presença de um soldado americano fazendo calmamente suas compras, não em Beirute, Berlim ou Panamá, mas em Porto Príncipe. De uniforme camuflado.

— Não faça essa cara — diz Philippe —, você já viu outros no aeroporto.

— Não tenho nenhum problema em ver soldados americanos em um edifício público, mas aqui, me parece tão íntimo...

— Contenha-se, Velhos Ossos...

— Ver o rapaz aqui, assim, ocupando-se com tarefas cotidianas, digamos que eu não estava preparado...

— Que é que você queria? Os americanos estão no Haiti. Pronto.

— Não estou falando de política. Até concordo, desse ponto de vista, com a presença deles... digo simplesmente que isso me choca. É instintivo, que é que eu posso fazer?...

O soldado passa diante de nós com um largo sorriso de *brother*.

— Hi! — diz Philippe...

— Pelo menos desta vez eles pensaram em também mandar negros.

— Qual é a diferença?

— Na primeira ocupação, de 1915, o governo americano mandou os piores racistas do sul dos Estados Unidos para reprimir os negros do Haiti. Sei lá, estou falando como um nacionalista puro-sangue, mas vivo em Miami.

— Pois é — solta Philippe com um sorriso —, desta vez já estava ficando com medo. Estava até me perguntando se você tinha perdido seu bom humor...

— Acho que às vezes o bom humor não serve para muita coisa, Philippe.

— Pena — murmura Philippe.

Bem na saída do Coles Market, cruzamos com dois outros jovens soldados que entram. Desta vez, um branco e um negro.

PAÍS SONHADO

Pati bourrique, tounnin mulète.
(Partir de burro, voltar de mula.)

A casinha rosa escondida pelos loureiros fica um pouco afastada das outras casas da rua. Uma rua sombreada no bairro de Turgeau.

— O doutor está no pátio — diz a velha criada. — Podem ir até lá, ele está esperando.

O doutor Legrand Bijou nos sorri do fundo do pátio.

— Vocês têm tempo para tomar um cafezinho comigo?...

— Com prazer, doutor.

— Bem... — diz esfregando as mãos como alguém que acabou de fazer um bom negócio. — Argentine, pode trazer o café. É meu único luxo, o café. Especialmente o café de Argentine. Bem, vejo que o senhor está acompanhado.

— Um velho amigo que encontrei hoje.

— Que te encontrou — corrige Philippe.

— Está lembrado da nossa última conversa?

— E como, doutor! Penso nela constantemente.

— Bem (é seu cacoete!), eu tinha contado que arriscava alguns versos. Agora que tenho aqui um escritor importante, disse a mim mesmo que seria besteira da minha parte não pedir sua opinião sobre meus esforços.

Conheço essas palavras rebuscadas antilhanas que escondem em geral a mais perigosa vaidade. Não me surpreenderia se ele se achasse um Saint-John Perse. Estende-me um caderno preto. Desde os primeiros versos, percebi que ele não era um poeta. Então, o que fazer? Calmamente, continuei a ler o caderno até o fim, sem que ele tirasse os olhos de mim. Por fim, fechei o livro e o devolvi.

— Então?
— É um belo esforço — concluo.
— Só isso?
— Temos o direito de exprimir, de uma maneira ou de outra, nossas emoções pessoais.
— O senhor quer dizer que isso deveria continuar pessoal. Em outras palavras, o senhor me aconselha a ocupar meu tempo livre com outras coisas.
Silêncio.
Philippe me olha. Minha atenção parece fixa no calango que acaba de correr para baixo daquela grande folha seca de bananeira. O doutor acaricia um momento seu caderno como se fosse um rosto de criança. Um leve sorriso vagamente triste paira sobre seus lábios carnudos. Mantenho um rosto impassível.
— Bem... Ainda sou psiquiatra e, a propósito, tenho suculentas histórias para o senhor... Chamaram-me esta manhã para examinar um jovem sargento americano. Ele tinha desaparecido, fazia uns dez dias. Acabaram por encontrá-lo num casebre abandonado, sozinho, nu e exprimindo-se em um dialeto completamente incompreensível. Na realidade, ele falava uma mistura de *créole*, de línguas africanas e de inglês. Sendo que ele nunca esteve na África e que não sabia uma palavra em *créole*. Quando finalmente entenderam o que ele dizia, eram só obscenidades. Ninguém conseguia se aproximar dele. Naturalmente, interroguei seus colegas, e foram todos categóricos: um excelente militar, um homem cortês e responsável, bom pai de família e ótimo atleta...
— E o que o senhor fez, doutor? — pergunto.
— No momento, não posso fazer nada. É preciso esperar a crise passar. Muitos jovens soldados ficam fascinados pelo vodu. Você sabe como são os americanos. Eles acreditam em tudo e adoram o mistério, então, você pode imaginar que aqui eles estão bem servidos. O coronel me contou

que recebeu uma carta da esposa de um soldado que voltou aos Estados Unidos, e essa mulher se queixa de que o marido a trai com uma deusa do vodu. Parece que o soldado se recusa a fazer amor com ela às terças e quintas, dizendo que são dias reservados à deusa. Naturalmente, reconheci logo Erzulie, a senhora do desejo... Imagine isso: um jovem loiro do sul dos Estados Unidos, casado misticamente com uma deusa negra do vodu. E a jovem branca obrigada a dividir o leito conjugal com uma deusa mais negra que a noite. Bem, é claro que isso cria problemas. Falei com o coronel americano, esta manhã, e ele me disse claramente que tinha mais problemas, aqui, com os deuses do que com os homens.

— É fascinante — diz Philippe.

— Bem... O café esfriou, e isso é inadmissível... Argentine, acabou o café!

Argentine chega quase na mesma hora com café fresquinho.

— Onde estávamos? — diz o doutor depois do primeiro gole... — Ah, sim, voltei, ontem à noite, de Bombardopolis... Esse minúsculo vilarejo, não se pode chamar aquilo de cidade, do noroeste do Haiti está se transformando num grande centro científico. Lá já existem mais cientistas que habitantes. Todo mundo está lá neste momento. O pessoal da NASA, físicos, químicos, ginecologistas, biólogos do Salk Institute, naturalmente antropólogos e etnólogos, entre eles nosso amigo J.-B. Romain, dentistas e um eminente linguista belga. Todos trabalham para o Departamento de Estado americano. Não há, parece, um só dos habitantes de Bombardopolis que não tenha sido virado pelo avesso. E, ontem à noite, entregaram o primeiro relatório.

— E daí?

— Segundo os profissionais, essas pessoas são completamente normais...

— Como assim?

— Eles têm um esôfago igual ao de todo mundo. É isso: são como todo mundo. Era essa a conclusão, ontem à noite. Nenhuma diferença entre os habitantes de Bombardopolis e os dos vilarejos vizinhos que também foram examinados.

— Não seria alguma coisa no ar? — arrisco.

— Escute, é claro que eles levaram em conta tudo... Trouxeram os habitantes do vilarejo vizinho e, depois de três dias, foi preciso alimentá-los. Só as pessoas de Bombardopolis não precisam comer para viver.

Dou uma olhada para Philippe. Está de olhos arregalados.

— O que o senhor está dizendo, doutor? Eles não precisam comer para viver? Não estou entendendo...

— De fato, é difícil imaginar, mas estou vindo de lá... Bem, houve também o relatório do tal linguista belga. Segundo ele, é o *créole* que possibilita isso...

— Mas eu também falo *créole*! — exclama Philippe, sarcástico. — Então, por que sou obrigado a comer três vezes ao dia?

— Parece que o *créole* de Bombardopolis é o mais puro do Haiti. A pronúncia também. Não entendi muito bem, mas o pessoal da NASA tomou notas durante toda a comunicação. O linguista belga explicou que esses homens, os habitantes de Bombardopolis, de certo modo, transformaram-se em plantas. Explicou longamente como a fotossíntese funcionou nesse caso. Por um tipo de acordo total entre o homem e a natureza...

— Então, por que — pergunto — eles têm de comer ao menos a cada três meses?

— Claro que lhe fizeram essa pergunta... a resposta é que ele ainda não sabe. Em seguida, falou da necessidade de instalar um laboratório aqui mesmo, em Bombardopolis, e de manter uma boa equipe de pesquisadores permanentes de diferentes disciplinas. Naturalmente, tudo isso levará anos de trabalho constante e custará uma fortuna. O major Sylva deixou claro que o governo haitiano não pode, de maneira alguma, financiar tais pesquisas. Os americanos, como sempre, aceitaram pagar a conta. Em seguida, voltamos a preocupações mais científicas, e o professor belga chamou a atenção para a posição das casas de Bombardopolis em relação ao sol, o fato de os dentes dos habitantes serem geralmente verdes, e a umidade constante que reina em Bombardopolis, e isso apesar da seca que castiga os vilarejos vizinhos. Ele aventou várias hipóteses (nem todas tão espetaculares) e foi o único conferencista a ser ovacionado de pé pela comunidade científica.

— Então — concluiu Philippe —, em menos de duzentos anos, o *créole* pode tornar-se a língua universal, o que, por si só, resolveria o problema da fome.

— É você quem diz, meu jovem... Argentine! Mas, o que ela está fazendo? Acabou o café!

PAÍS REAL

Pas jouré manman caiman toute temps ou pas finn' passé la rivière.
(Não insulte o crocodilo antes de acabar de atravessar o rio.)

A chuva

Chuva na estrada para Pétionville, rumo à casa de Philippe. À beira do caminho, jovens camponesas ficam quase em posição de sentido quando o jipe passa por elas. O vento levanta levemente seus vestidos. Estão levando as cargas de legumes aos hotéis de Porto Príncipe. Vêm de Kenskoff, às vezes até de Jacmel. Imagine que partiram de Jacmel na véspera. De tanto carregar os sacos na cabeça, acabam adquirindo esse andar tão elegante. O treinamento rude das dançarinas de balé. Uma faz isso para agradar; a outra (a camponesa) para sobreviver.

A chuva parou bem na entrada de Pétionville, na frente dessa loja de móveis de mogno. A chuva respeita as fronteiras.

A bomba

Claro, Pétionville tem seus pobres, suas favelas barulhentas, suas feiras, mas mesmo assim foi aqui que se refugiaram todos os ricos do país. Em alguns bairros, tem-se a impressão de estar num rico subúrbio americano. Em outro país.

Quando avisam que há uma bomba no avião, os passageiros da primeira classe dão de ombros dizendo que estão fora de perigo, já que a bomba está na classe econômica. Pétionville é isso.

A foto

Um menino acaba de abrir completamente o portão para permitir que o jipe estacione na entrada. Um jardim bem bonito quase esconde uma casa branca de dimensões modestas. Muito frescor.

— Teu jardim é magnífico, Philippe... Há cheiros que eu tinha esquecido completamente.

Philippe se contenta em sorrir timidamente.

— Foi a Elsie quem fez tudo isso. É verdade, você ainda não a conhece... Meu bem... Beeeem... Adivinha quem está aqui?

— Já vou Philippe... Ah! Você foi buscá-lo... Ótimo!

Ela desce: cheia de vida, jovem, alegre.

— Ah! é você. Philippe fala de você de manhã, de tarde e de noite. Juro que você está mais presente na cabeça dele do que eu... Vem cá, vou te mostrar uma coisa...

Ela me puxa na direção de uma saleta que parece ser o escritório de Philippe. Na parede do fundo, uma foto em preto e branco, ampliada, onde se veem três jovens malandros, magros como peixes secos, postados na frente do cine Paramount. Philippe entre Manu e eu.

— Está vendo esta foto? Foi a primeira coisa que ele instalou nesta casa. Olha aqui, são teus livros, os únicos neste cômodo que não são livros de contabilidade.

Ela pula no meu pescoço.

— Estou contente por você estar aqui... Primeiro, posso enfim ligar um rosto a este nome, a foto é velha demais para que eu pudesse te reconhecer se te encontrasse por acaso na rua, e também estou contente porque sei que este malucão está feliz. Eu sei... — diz tocando Philippe no ombro. — Você ainda não viu o Manu? Ele, eu conheço. Quando foi mesmo que ele esteve aqui, meu bem? Em dezembro passado...

— Não, ainda não vi o Manu — digo.

— Bom, já sei — diz ela com leve amargura —, não vou te ver esta noite, não é Philippe?

Philippe não diz nada.

— Olhe para ele, está flutuando...

— É você que está toda alegrinha, meu bem.

— Eu! Sim, mas não mais do que você... Só que eu demonstro tudo o que sinto.

— Gostei de você, Elsie — solto espontaneamente.

Ela fica toda corada, depois sorri. Um sorriso radiante.

— Também gostei de você. E muito. Vou te dizer uma coisa: sabe que o Philippe não tem outros amigos além do Manu e de você... Costumo dizer a ele: você tem dois amigos, um no exterior e outro que mora em Carrefour. Você quase nunca os vê, então faça outros amigos. E sabe o que ele me responde? "Tenho dois amigos, não preciso de outros." Entendi então que o que é importante para os homens acontece na adolescência. É por isso que, às vezes, se comportam como garotos... Bom, falo, falo, e não lhes ofereci nada... Philippe, se eu te conheço, você comeu lá...

— Comi um pouquinho, sim, meu bem.

— Ele costuma comer na casa da tua mãe. Depois, passa semanas só falando nisso, não é, querido? Aí, o que ele faz é comprar todos os ingredientes e me pedir para preparar a mesma coisa que a tua mãe... Mas eu não sei cozinhar assim... Não temos cozinheira, porque faço questão de cuidar da casa sozinha. Estudei nos Estados Unidos, entende? Sei como fazer um bife, ou mesmo algo um pouco mais complicado, mas não sei cozinhar como a tua mãe. Preciso ir vê-la para que me ensine, mas não sei se ela vai querer...

— Por que não, Elsie? Minha mãe ficaria muito feliz em...

— Vejo que você não conhece muito bem as mulheres... e nem pretendo me intrometer na vida particular do Philippe. A relação dele com a tua mãe só diz respeito a ele... Ele, você e ela... Você me entende...

— Não sei muito bem do que você está falando, Elsie, mas insisto: minha mãe ficaria feliz em te dar uma mão... Aliás, o que ela faz é sempre muito simples... O importante é temperar bem a carne (sal, pimenta, alho, cheiro verde, cebola) com temperos frescos. De véspera. E ainda limão, isso ela não dispensa...

— Obrigada... Sei que é simples, mas a diferença é que faço comida, enquanto a tua mãe sabe cozinhar, o que é uma arte... Bom, apesar disso, posso lhes oferecer algo para beber...

— Sim, gostaria de um coquetel de frutas.

— Boa ideia. Está calor. Vocês estão com calor? Entendi... vou deixar vocês à vontade para terem suas conversas de homens.

O confinado

Ficamos na saleta que serve de escritório para Philippe.

— Como foi lá? — ele me pergunta bruscamente.

— Você sabe que eu sempre quis ir embora... Mesmo se não tivesse havido ditadura, eu teria ido, Philippe.

— Por quê?

— Não vamos retomar esta discussão vinte anos depois.

— Você tem razão... — diz rindo. — É estranho, nunca me vi vivendo em outro lugar.

— A pior coisa para mim seria ser obrigado a viver a vida inteira num mesmo país. Nascer e morrer no mesmo lugar, eu não poderia suportar, me sentiria confinado. Olha, acabo de perceber que dentro de confinado tem "finado", que loucura!

— É estranho, nunca pensei assim. Nunca me senti encurralado aqui, não mesmo. Claro, tem a miséria, falta tudo, não para mim, mas vejo a situação ao meu redor e, não tem jeito, é o meu país...

— Mas, Philippe, não estou dizendo o contrário, é o meu país também, querendo ou não...

— Não estou te censurando, você sempre viu isso de um jeito diferente, mas continuo não entendendo como alguém pode viver tanto tempo fora do seu país. Em todo caso, ganho um amigo que não vejo muito.

— Assim você me pega. Às vezes, lá, eu me sinto totalmente só. Tenho vontade de gritar. Ninguém que te conheça de antes. É como se você não tivesse tido um "antes". Você só tem um presente. Eu adoro o presente. Quero viver no presente, mas não há presente sem passado. Então, penso em você e no Manu e em todas as coisas que só saberia dividir com vocês.

— Eu também — diz Philippe —, você sabe, é nisso que penso quando digo que não entendo como alguém pode viver tanto tempo fora do seu país.

— Por exemplo a língua... Agora estamos conversando em *créole*, e nem percebemos. Conversamos, e pronto. Não é a mesma coisa em outra língua, mesmo que seja o francês, e principalmente quando o sotaque é diferente. Só nos sentimos em casa na nossa língua materna e no nosso sotaque. Tem coisas que eu só saberia dizer em *créole*. Às vezes, não é o sentido que conta, são as palavras mesmo, por causa da musicalidade, da sensualidade que emanam, entende? Tem palavras que não usei em vinte anos, e sinto que elas me fazem falta na boca. Tenho vontade de rolá-las dentro da boca, de mastigá-las e engoli-las... tenho fome dessas palavras, Philippe.

— Eu sei.

— E não acontece só com as palavras...

— Imagino que com as frutas e as mulheres também — diz Philippe rindo e me dando um pesado tapa nas costas do qual não consigo fugir.

A jovem com a maçã
Elsie entra de repente no escritório, seguida de uma jovem esguia.
— Parece que vocês estão armando alguma, meninos — arrisca alegremente Elsie colocando a bandeja na mesa... — Deixa eu te apresentar a minha irmã mais nova, Karine. Ela estuda em Montreal e diz que te conhece bem...
— Não foi isso que eu disse, Elsie. Eu disse que costumo vê-lo na televisão, em Montreal.
Fico sem ação. Tenho diante de mim a réplica exata da moça que vi, há mais ou menos vinte e cinco anos, perto do Coles Market. E estamos no mesmo cômodo que, de repente, se tornou pequeno demais. Ela me olha e sorri. A mesma velha emoção de vinte cinco anos atrás. Nós não mudamos.
— Bom — diz Elsie bem à vontade —, agora que você esteve lá, conte o que aprendeu...
— É o que estava dizendo ao Philippe, não fui lá para aprender o que quer que seja. Fui lá para estar em outro lugar que não aqui. E agora, saí de lá para estar em um outro lugar que não lá...
— Ele é complicado, hein! — intervém Philippe com um meio sorriso.
Karine não diz nada. Seu rosto torna-se subitamente impenetrável.
— Posso entender isso muito bem, pela simples razão que sou assim, mas, vejam só, casei com um tipo caseiro. Ele não quer sair. Não tem amigos, a não ser você e o Manu. Então, depois do trabalho, ele vem para casa. Tenho certeza de que ele nem me trai — diz Elsie sorrindo. — Minhas amigas me invejam, mas acho isso um saco, às vezes. Um homem previsível, foi nisso que seu amigo se transformou.
— Não é isso, querida, estou montando um novo negócio, e isso toma todo o meu tempo. Depois do trabalho, volto para casa para descansar.

— Sim, mas você não era assim antes. Tenho a impressão de ter caído em uma armadilha. Minhas amigas dizem que os homens haitianos são todos mentirosos, hipócritas que tentariam nos enganar com nossas próprias irmãs...

Os grandes olhos de Karine.

— ... Mas o Philippe é um homem diferente. Para as minhas amigas, os homens haitianos têm sempre duas caras. Uma de anjo e outra de diabo. E claro, eles mostram primeiro seu lado angelical. Enfim, complicações desnecessárias, elas me dizem isso porque não fui criada aqui...

— As tuas amigas por acaso têm só uma cara? — acabo dizendo.

— Boa pergunta. Vou falar isso pra elas da próxima vez. Mas ele — diz apontando amorosamente o dedo para o Philippe —, uma vez que se trata dele, e só dele, claro! ele me fez crer, quando o conheci, que era um sedutor e um rueiro. Imagina, teu amigo, um sedutor e um rueiro, logo ele que é exatamente o contrário. Para azar dele, este homem não tem nenhuma vaidade. Felizmente, a minha vale para os dois — solta ela rindo —, mas começo a entender como ele funciona, agora que te conheci. O que o atrai é seu oposto.

Sorriso indulgente de Philippe.

— É isso mesmo... — diz ela. — Olha, teu melhor amigo é um viajante, enquanto você não muda de cidade, que é que estou dizendo?, nem de bairro... (Ela se vira para mim...) E a mulher dele adora sair, ver gente, viajar, ir ao teatro, enquanto ele detesta tudo isso até a morte...

— Elsie — digo —, tenho a impressão de que no fundo você é igual a ele.

— Como assim?

— Você também se sente atraída por seu oposto, porque eu não engulo essa história de armadilha. Clichê demais para mim. A gente nunca sabe quem é que caiu na armadilha nessas histórias. Você também gosta dessa complementaridade.

Um riso rouco vindo da barriga.

— Perspicaz o teu amigo... — ela diz rindo. — Muito perspicaz...

— Elsie, ele é um escritor! — exclama Philippe. — E o que ele escreve parte sempre de um incidente de sua vida pessoal...

— E então?

— Daí, meu bem, que ele está sempre trabalhando, analisando as pessoas ao seu redor...

Durante a conversa, não tirei os olhos de Karine. Não sinto nada por ela, apenas uma extrema curiosidade. O que há nela que me atrai com tanta força? Alguma coisa que mal posso controlar. Há medos ancestrais, deve haver também, com certeza, desejos ancestrais. Tipos gravados em nossos genes.

— Se um dia — diz Elsie, despertando-me de meu torpor — você me colocar num dos teus livros...

— O que aconteceria? — digo com um sorriso maroto.

— Bom... eu adoraria! Meu sonho é estar em um livro. Conheço muita gente que gostaria de escrever um livro, mas eu, meu sonho é ser personagem de um romance. É o máximo para mim. Acho supercharmoso. Quando me mostram alguém e dizem: "Foi ele que serviu de modelo para tal personagem", aquela pessoa fica imediatamente irreal aos meus olhos. Vejo uma nuvem em torno dela...

— Mas, Elsie, estou te ouvindo falar desde que cheguei, você é uma perfeita personagem de romance moderno.

De repente, seu rosto fica vermelho como um pimentão. Raras vezes assisti a transformação tão rápida de uma pessoa.

— Sério? — diz.

— Precisamos ir, meu bem — declara Philippe.

— Ah, seu ciumento! — ela grita. — Eu sabia que você ia dizer isso. Bem na hora em que começa a ficar interessan-

165

te, você quer ir embora! Não escute o Philippe, você pode ficar aqui o tempo que quiser. Aliás, espero que venha passar uns dias conosco.

Na porta, virei-me para dar uma última olhada em Karine. Um soco na boca do estômago.

PAÍS SONHADO

Rai chien, min di dent'l blanche.
(Pode odiar o cachorro, mas admita que seus dentes são brancos.)

Começou a chover na saída de Pétionville. Uma autêntica chuva tropical. Forte e breve. Philippe ligou o rádio. Pegamos um debate.

A questão do dia: devem-se considerar as pessoas que viveram muito tempo no exterior como haitianos?

— Sempre as mesmas babaquices! — fulmina Philippe.

— Essas pessoas estão sempre excluindo...

Philippe estica o braço no mesmo instante para girar o botão, procurando outra estação.

— Não, Philippe, esse assunto me diz respeito.

— O que você vai aprender? Vai ouvir pessoas esbravejarem. Se tem uma coisa que me enche o saco aqui é essa mania de esbravejar. As pessoas ficam se ouvindo berrar. Ninguém escuta ninguém. Todos esbravejam. Um sempre tentando gritar mais alto do que o outro, para no fim...

— Mas, Philippe, por que um simples debate no rádio te deixa nesse estado?

— Não sei. É estranho, quando escuto essa gente gritar assim, fico tentado a fazer a mesma coisa. A matilha, é isso!

— Mas por quê?

— O sol.

— O sol?!

— Você não viu este sol terrível? Ele arde sobre nossas cabeças e acaba nos deixando loucos. Não há árvores neste país, e também não há água. É uma pedra ao sol. Estamos à mercê do sol. O que as pessoas não sabem é que ficamos loucos. Mesmo os que fingem manter a calma, como eu por exemplo... Assim que um nível de decibéis é ultrapassado, estou pronto para morder. Para outros, é a fome, no meu caso é o barulho que me faz perder o juízo. Você sabe, a gente é um pouco fraco da cabeça.

— Graham Greene dizia que os haitianos eram atores...

— Não mais. Isso acabou. Já não somos atores. Não interpretamos mais um papel, somos realmente loucos. Você não reparou que não há mais loucos por aí? Sabe por quê? Como todo mundo é louco, não há mais casos individuais. Um louco não pode fazer pouco de outro louco. Sabe o que nos deixou assim?

— A fome, imagino.

— A fome não deixa ninguém louco; a fome mata. O que nos deixou loucos foi primeiro o sol, em seguida o apetite pelo poder, e finalmente o sexo.

— Oh, tenho a impressão, Philippe, que você tem toda uma teoria sobre isso. Não sabia que era sociólogo.

— Não sou sociólogo, observo o que se passa ao meu redor, só isso.

— Você já me explicou sobre o sol... Vamos agora para o poder...

— É simples. Nós só pensamos em uma coisa: ser presidente do Haiti.

— No entanto, é um trabalho bem arriscado.

— Sim — responde com um sorriso —, mas fomos educados assim, você sabe melhor do que eu. Somos sete milhões de haitianos e todos querem ser presidentes deste país. Não de outro país. Os outros países não contam. Só o Haiti conta. Você sabe o que disse, um dia, Duvalier pai? Ele disse que a energia gasta para dirigir o Haiti é tão grande, que com apenas um quarto ele poderia dirigir os Estados Unidos, e isso trabalhando só nos fins de semana. E eu acredito. Acredito porque cada presidente haitiano tem sete milhões de rivais.

Deveríamos permitir a todos ser presidente ao menos por um dia na vida, mas isso não ia funcionar já que todos gostariam de ser vitalícios. Talvez devêssemos permitir que todos fossem presidentes ao mesmo tempo: sete milhões de presidentes. Ainda assim, pelo menos um ia achar, se não todos, que devia ser o presidente dos presidentes... Enfim, só há uma solução...

— Qual, Philippe?

— Permitir aos haitianos cuidarem da presidência em escala internacional. Por decreto da ONU, a partir de hoje, todos os países devem aceitar um haitiano em seu comando. É a única solução que vejo por enquanto.

— Mas, Philippe, você já disse, eles só desejam uma coisa no mundo: ser presidente do país talvez mais pobre do planeta, o HAITI.

— Você tem razão. Não tem solução. Tudo nos empurra para a loucura e o desespero.

Começamos a gargalhar na rua principal, perto do Portail Léogâne.

— E o sexo, Philippe? Você sabe que é um assunto do mais alto interesse para mim. O sexo e a loucura, belo par, aliás...

— Aí, é o meu lado de contador que entra em jogo. Eis a questão: somos mais de um milhão de habitantes em Porto Príncipe, cidade que só pode comportar um quarto dessa população. Em cada casa, moram no mínimo dezesseis pessoas em dois quartos. Então, há um problema em relação ao sexo em casa. Você sabe, para fazer amor conforme as regras da arte, ou seja, com um pouco de barulho, pois o sexo não serve apenas para a procriação, então, como eu dizia, para fazer amor corretamente, é preciso primeiro pagar o cinema para todas as crianças, e às vezes tem mais de uma dúzia em uma mesma casa, o que é uma despesa absurda que você não pode repetir muitas vezes ao ano. Então, esqueçamos a casa superpovoada... Daí, onde vai ser? Nos morros de Porto Príncipe, nas estradas, nos puteiros, nas cabanas de palha perto das praias, nas salas escuras de cinema, nas pistas de dança (principalmente no Lambi Club), enfim, em vários lugares. Mas, no entanto, não é muita gente que faz isso. Quantos? Dez mil pessoas, no máximo. O que quer dizer que toda manhã, meu irmão, Porto Príncipe desperta com uma população de três quartos de milhão de pessoas sexualmente frustradas. E como isso acontece há trinta ou cinquenta anos, mais cedo ou mais tarde, começa a subir à cabeça. É a loucura. E é aqui que eu vivo, Velhos Ossos.

PAÍS REAL

Nous ce cayimite:
nous mu sous pied, min nous pas janm tombé.

(Somos como o caimito:
mesmo maduros, nunca caímos da árvore.)

Carrefour

Aqui estamos em Carrefour. Faz muito tempo que não vejo Carrefour. É sujo, cheira mal, é barulhento, mal construído, poluído. É aqui que mora meu amigo Manu. O rapaz mais brilhante da nossa geração. É um poeta urbano. Também toca violão. Suas músicas contam a miséria das pessoas humildes. São duras, mas vão direto ao ponto. Ao coração. Manu nunca visa outro lugar. É um amigo muito difícil. A gente nunca sabe como abordá-lo. Apesar de seu sucesso, nunca deixou Carrefour.

Soco

Viramos bruscamente à direita, ao lado da mercearia *Mont-Carmel*, para pegar uma estreita estrada de terra batida esburacada. Uma poeira branca envolve o jipe. Pencas de crianças se penduram no carro. Philippe dirige com muita atenção para não ferir nenhuma criança. Os pais nos olham com um olhar bovino. Um jipe novo no bairro deles é quase um insulto.

— Ei, Philippe — diz um menino determinado —, se está procurando Manu, ele está na praia.

— OK — diz Philippe.

— Não vai me dar nada pela informação? — replica o menino.

— Não, porque não perguntei nada. E se não perguntei nada, é simplesmente porque eu sabia onde ele estava.

— Sabia que ele estava na praia?

— Claro... ele está sempre lá.

— É verdade — diz outro menino ao primeiro —, você não pode pedir para ele pagar por isso.

Como resposta, o primeiro dá um soco na cara do outro. É briga! O jipe continua tranquilamente seu caminho até o final da estrada.

Os canibais

Philippe desce rapidamente do jipe.

— Adivinha quem eu trouxe, Manu?

Manu se vira e me vê.

— Não esse velho macaco! Quando você desembarcou? Deixe-me olhar para você! Engordou um pouco mas continua com a mesma cara de sacana.

Manu não ganhou um quilo, nem mesmo uma ruga em vinte anos. Algumas pessoas se instalam na eternidade.

— E então, você voltou para ver se não fomos devorados pelas bestas selvagens? (Seu riso carniceiro.) Pois é! fomos nós que as devoramos.

— Você também não mudou — acabo dizendo. — Sempre comendo carne humana.

— Mas é muito bom — exclama Manu, rindo. — Naturalmente, é preciso um pouco de sal, de pimenta e um galhinho de salsa. É nosso único gado, entende?, o único que nos resta. Não temos mais porcos desde que os americanos os mataram. O pretexto foi que eles tinham pego uma doença contagiosa. Não temos mais pássaros, já que não temos mais árvores e, como não temos mais árvores, não chove mais, logo, não temos mais água, como você vê tudo se interliga... Ia me esquecendo: todos os nossos peixes estão contaminados porque comem o cobre das carcaças de barcos naufragados. Então, o que resta? O homem. Aqui, meu amigo, comemos o homem. Então, cuidado com seu lindo traseiro! Você parece bastante roliço, viu?, isso pode tentá-los. Nossos concidadãos gostam muito da carne bem cuidada de homens que viveram muito tempo no exterior. É muito mais apetitosa que a carne local que é magra, suja e duvidosa, sabe?, por causa das doenças. A carne estrangeira talvez seja incolor, inodora, mas também é livre de germes.

Os gansos do Capitólio
— Chega, já está bom — grita Manu para os garotos que estão limpando a praia —, recomeçamos amanhã às cinco horas da manhã e, se eu não estiver aqui (ah! velho malandro!), comecem sem mim. Você sabe — diz virando-se para mim —, eu lhes ensino o mínimo, limpar na frente das suas portas. Não que eles não queiram, simplesmente ninguém nunca os ensinou a fazer isso. Tudo precisa de um começo. Todo dia, eles vêm aqui para brincar ou nadar, e tem essa merda em vários lugares da praia. Eu disse: a praia é de vocês. Então, vocês vão limpá-la...
— Você, Manu, é que pode falar com eles — admite Philippe...
— Mas eu fico vinte e quatro horas por dia com eles, é só por isso que me escutam... Minhas canções contam a vida deles, entende?... Os gansos do Capitólio são eles...
— Ah é! — exclama Philippe. — A Elsie adora essa canção.
— Pois é, são eles... Uns *zenglendos* vieram, uma noite, para me matar. Eu estava dormindo na varanda. Fazia muito calor. Os matadores se aproximavam da casa. Já estavam pertinho da varanda quando ouvimos um barulhão dos diabos. Todo o bairro acordou em sobressalto. Os matadores também ficaram com medo e fugiram... Você entende?, com eles aqui, ninguém pode me pegar. Então eles são eu; eu sou eles...
— Mas Manu, não são só esses meninos que precisam de sua lucidez. O país não se resume a Carrefour.
— Você, viajante, uma coisa de cada vez.

— "Você, viajante"! — exclama Philippe. — Belo título para uma canção, hein, Manu?
— Eu sei.

Nova canção
— Minha nova canção — diz bruscamente Manu —, pode ter certeza, Philippe, que a Elsie não vai gostar.
— Por que diz isso?
— Fala sobre um problema que a Elsie nem sabe que existe...
— Qual é o tema? — pergunto.
— Fezes — solta Manu.
— Como assim? — exclama Philippe, boquiaberto. — Você diz isso só para encher.
Risos.
— Se até o Philippe começa a fazer gracinhas... Quando todo o mundo faz humor em um país, é porque não há mais nada a fazer. O humor é o negócio dos desesperados, o que não é o meu caso — termina Manu.
— Do que você está falando? Que eu saiba, você usa o humor o tempo todo em suas canções.
— A ironia... O riso amarelo... Eu adoro rir amarelo. Acho que o amarelo me cai bem. Aliás, Philippe, eu não faço canções, preparo bombas.
— E fala do quê, essa última? — pergunto mais uma vez.
— Não sei se você reparou, meu caro viajante, pois é! a população triplicou, quadruplicou, quintuplicou... Trocando em miúdos, tem cinco vezes mais cus nesta cidade, e não construímos uma única latrina pública em vinte anos neste país. Aposto, caro Philippe de Pétionville, que essas pessoas também sabem cagar, talvez não três vezes ao dia como em Pétionville, mas ao menos uma vez. Então, encontramos essa merda por todo lado. Merda de cachorros, merda de ho-

mens, aposto que você nunca se perguntou isso, caro Philippe de Pétionville, a saber, onde toda essa gente caga? Onde será que cagam? Eu, faz anos que penso no problema, mas sempre soube onde eles cagam. Eu sei e vou te contar. Em qualquer lugar dos bairros pobres. Na minha casa, na minha varanda. Na praia. Na casa do meu vizinho. Aqui, talvez falte rango, mas merda é que não falta. Temos até um problema de abundância sob esse aspecto. Não comemos, mas cagamos igual. Acho isso injusto, sabe? Os pobres não deviam cagar. Não deveriam ter esse problema. A merda deveria ser unicamente um problema de rico. *Eu não comi ervilha, então por que vou cagar ervilha?* Bom, é esse o novo tema, como vocês dizem, e aposto que não terei muito sucesso com isso em Pétionville. Como dizem lá, há limites que não devem ser ultrapassados. Falo do que acontece comigo, e não é culpa minha se, toda vez que saio de casa, tropeço em um monte de merda... A vida também é isso, suponho.

Pequeno ditador
A casa parece aberta aos quatro ventos.
— Toda vez que ganho algum dinheiro — diz Manu mostrando sua casa quase sem telhado —, acrescento um pedaço.
— Mas Manu, ninguém te disse que se começa pelo telhado? Quando chove...
— Coloco uma lona, e pronto, senão, posso ver o céu da minha cama.
— Merda! Você vai acabar ficando doente.
— Ei! você, viajante, esqueça um pouco de onde vem. Aqui, faz calor ou chove. É simples, quando chove, coloco a lona. Merda! Isso não me parece difícil de entender... Até o Philippe entendeu.
— Eu não entendi nada — diz Philippe —, só não queria te contrariar...

— Como assim não me contrariar! Não sou seu pai! Merda, Philippe, você bebeu ou o quê? Não me contrariar, continua a resmungar como um velho desdentado.

— Deixa pra lá, Manu. Philippe disse isso para te encher. Ele sabe muito bem que você não gosta que apontem teu lado pequeno ditador.

— Que é que deu em vocês, hein? — exclama Manu com um sorriso de anjo exterminador. — Vocês também têm um lado pequeno ditador. Todo haitiano tem um ditador e um deus vodu dançando dentro da cabeça.

— Manu — digo com um sorriso amarelo —, já temos nossas características: eu sou o viajante, o que pra você quer dizer que não entendo mais nada do que acontece neste país, que estou completamente desconectado depois de vinte anos no exterior, o que talvez seja verdade, presta atenção...

— Oh, não enche, eu não quis dizer isso, escuta...

— Deixa eu terminar, Manu... E Philippe é Philippe de Pétionville, ou seja, um daqueles burgueses horríveis que deixaram o país neste estado. Então, a gente decidiu que, devido ao seu temperamento, você é o pequeno ditador, aquele que tenta manipular as emoções de todo mundo.

— Escutem, caras, vocês estão exagerando... Me chamem de músico subversivo.

— Sim, você é isso também, mas se entendi bem, teu jogo é exagerar os traços negativos de cada um.

— OK... Peguem algo negativo, sei lá, o grande lobo mau, por exemplo. Olhem, sou magro como um lobo...

— Escuta, Manu, não é história para criancinhas... Você conhece o princípio. Quanto mais você rejeita um apelido, mais ele pega.

— Merda! Mas por que ditador?

— Vou te dizer, Manu — devolve Philippe —, por que você é um verdadeiro ditador. Você combateu tanto o ditador que acabou se parecendo com ele...

— Como assim? — pergunta Manu, estranhamente interessado...

— Você passou tanto tempo dizendo e fazendo exatamente o contrário do que diz e faz o ditador, que no fim acabou parecendo-se com ele — continua Philippe. — Um efeito de espelho...

— Que história é essa? Pensei que você fosse administrador, Philippe. Agora está fazendo curso de sociologia por correspondência?

— É simples, Manu, você está sempre contra tudo, assim como o ditador que, no final, se encontra sozinho contra o povo.

— Não é verdade! — diz Manu em tom veemente. — Eu estou com o povo.

— No momento, você é contra o ditador — digo timidamente, sem querer pôr mais lenha na fogueira.

— Claro que sou.

— Sim — murmura Philippe —, tão contra que está grudado...

O olhar cáustico de Manu. Enfim, seu irresistível sorriso de moleque que, literalmente, derrete as mulheres.

— OK, então por que pequeno?

— Porque, afinal de contas, você não chega a ser um Duvalier, seu megalômano.

Risada geral. Philippe acaba me dando pela segunda vez um de seus famosos tapas nas costas.

— Tenho uma surpresa pra você, viajante... Espero que Philippe tenha segurado a língua.

— Claro, Manu...

A surpresa
— Aí está minha surpresa — diz Manu com um grande gesto da mão e um sorriso orgulhoso.

— Antoinette!

O sorriso vitorioso do Manu. "No fim", digo a mim mesmo, "foi ele que ela escolheu". No fundo, eu sabia que seria ele.

— Você escondeu bem seu jogo, Manu, sempre nos fez acreditar que Antoinette não lhe interessava.

Manu se contenta em dar de ombros. Beijo Antoinette. O mesmo perfume. O cheiro do seu corpo. Bruscamente, tenho uma daquelas enxaquecas...

— Meu bem — diz Antoinette com sua voz cantada (Oh! como isso dói! Vinte anos depois, não pensava que isso me tocaria tanto) —, você esqueceu as compras.

O tom conjugal que ela assume para falar com ele. É tão obsceno quanto entrar no quarto da sua mãe e descobri-la nua com outro homem que não seu pai. Por que isso provoca tal efeito em mim? Eu tinha vinte e três anos quando deixei Porto Príncipe. Todos nós tínhamos (Manu, Philippe e eu) vinte e três anos. Somos da mesma fornada. Antoinette tinha só dezenove anos. Esse sol plantado no meio de nós. Nossa glória!

— Eu ia justamente fazer as compras, meu bem, quando o imbecil do Philippe chegou com este sacana que a gente não via há vinte anos.

— Eu o vejo quase sempre na tevê — diz ela tranquilamente.

— Bom, vou comprar coisas para o rango — declara Manu saindo. — Se vocês quiserem beber alguma coisa, Philippe sabe onde ficam as garrafas. Eu tenho *clairin*,[8] isso deve interessar o viajante.

— Você fala demais, Manu... — diz Antoinette, dando-lhe um tapinha no rosto. — Vá fazer as compras, se quer que a gente coma.

---

[8] Rum popular das Antilhas, com alto teor alcoólico. (N. da T.)

— OK, rapazes, eu os deixo com minha mulher. Não tentem nada, é tarde demais.
O coice do asno.

Amor à primeira vista
Ficamos na sala de estar, se é que podemos empregar esse tipo de terminologia aqui, olhando-nos como cães de porcelana.
— Ele está louco de alegria por ver vocês — diz finalmente Antoinette.
Reparo que sua primeira palavra não foi para mim, que ela não via há vinte anos. Visivelmente, ele a ocupava inteiramente (corpo e espírito). Se ao menos ela tivesse envelhecido ou ficado feia, eu poderia pensar que ela tinha escolhido o Manu por desespero. Mas não, ela parece mais radiante do que nunca. É possível ter ciúmes do seu melhor amigo? É, sim, quando se trata da mulher dos nossos vinte anos. Mas hoje meus vinte anos têm vinte anos. E ela está aqui, como da primeira vez que a vi na chuva. Foi num jogo entre o velho Racing Club e o Aigle Noir, e estávamos os quatro sentados na arquibancada do estádio Sylvio-Cator quando começou a chover canivete. Isso nos deixou feito loucos. A gente gritava. Urrava. O jogo continuou, apesar de o campo ter se tornado visivelmente impraticável. Um enorme charco. Os jogadores cobertos de lama. E nós na arquibancada não parávamos de urrar. Eu tinha tirado a camisa e o grupo seguiu meu gesto. De repente, eu me virei e a vi. Como nunca a tinha visto antes. Como nunca mais verei uma mulher. Ela estava lá com seu vestido amarelo. Estávamos em abril. Tudo era perfeito. Eu não podia desgrudar meus olhos dela. Aqueles olhos. Aquela boca. Aqueles seios. Eu tinha a cabeça vazia. Não conseguia olhar para outro lado. Senhor, pensei, vou perder a cabeça. E perdi.

A mais linda canção de amor

— Ele é assim — diz Antoinette —, banca o durão, mas se vocês soubessem como é frágil, como é fácil feri-lo. Qualquer coisa o toca.

— É só escutar suas canções — arrisca Philippe. — Para mim, a mais linda canção de amor que ouvi na vida ainda é "A garota do estádio". Nunca ouvi nada tão lindo.

— Ah, sim — diz Antoinette confusa.

— E ela fala sobre o quê, Philippe? — pergunto.

— É uma história de amor. Um amor à primeira vista. O cara foi ver um jogo no estádio com os amigos, entre os quais a jovem. De repente, começou a chover. E aí, tem uma passagem muito animada em que a chuva deixa todos muito alegres. Até aí, o ritmo é bastante endiabrado. Em certo momento, o cara se vira e vê a jovem. Ele já a conhece, mas é como se a visse pela primeira vez sob a chuva forte. E ele não pode desgrudar os olhos dela. Ele a olha e não consegue olhar para outro lado. O que é maravilhoso nessa canção é que temos a impressão de assistir ao primeiro olhar de Adão para Eva. A primeira vez.

— Não concordo, Philippe — diz Antoinette calmamente. — Trata-se apenas do início de um amor, do amor entre um homem e uma mulher, só isso.

— É o que eu queria dizer — inflama-se Philippe. — Trata-se do nascimento do amor...

— Como quiser, mas eu vejo uma história pessoal entre um homem e uma mulher...

— É você a garota do estádio, Antoinette? — pergunto.

Um longo momento de silêncio.

— Eu me lembro de ter ido ao estádio, uma vez, e que choveu muito, mas não é por isso que essa canção me agradou.

— Por quê, então?

Tempo.

— Eu acho — diz com uma voz muito doce — que é por causa de sua sinceridade.

Sinceridade uma ova! Lembro-me de ter contado uma história parecida a um amigo, mas foi há mais de vinte anos.

A volta do filho pródigo
Escutamos a voz de Manu da rua.
— Temos que festejar o filho pródigo.
Ele entra.
— Como! Philippe, você não foi capaz de achar as garrafas?
— Manu, escute, talvez seja melhor eu ir buscar o carro perto da praia, já está escuro.
— Escuta, Philippe de Pétionville, não sei o que te disseram sobre Carrefour, mas se o teu medo é esse, fique sabendo que as calotas vão estar no lugar amanhã de manhã...
— Amanhã de manhã! — exclama Philippe. — Não, Manu, tenho que voltar hoje à noite. Prometi para a Elsie...
Manu explode.
— Você e sua mulherzinha burguesa — diz dirigindo-se para a cozinha —, não vão me impedir de festejar o irmão que eu não via há vinte anos.

O segredo
Ele segue seu caminho até a cozinha.
— Você bebeu, hein! — preocupa-se Antoinette.
— Não. Por quê?
— Sei que você bebeu — insiste Antoinette.
Eu tinha ido mijar lá fora e os olhava pela janela aberta. Manu, magro como um gato de gueto e os grandes olhos negros de Antoinette.
— Oh! — diz Manu fazendo um gesto com a mão como para pegar uma mosca —, os caras da esquina me convidaram para tomar uns tragos com eles.

— Merda! Quantos anos você tem? Sabe que não pode beber. E aposto que não comeu nada o dia inteiro.
E eis Philippe que chega. Rosto de bebê. Tenta enlaçar Antoinette que se vira bruscamente como um animal selvagem. Esse tipo de mulher só tem um homem. Termino de mijar nas plantas de Antoinette.

A festa começa
Manu vai diretamente ao seu esconderijo para pegar as garrafas.
— Sabe? — diz ele. — As pessoas entram e saem daqui o dia inteiro e, naturalmente, sabem que podem beber à vontade; você entende que, se eu não guardar algumas garrafas à parte...
— O que acontece com você, Manu? — dispara alegremente Philippe. — São as mesmas garrafas que estavam da última vez que vim aqui.
— É... Tenho outros esconderijos — responde em um tom seco. — Este é para meus convidados de marca. Você entende, se um cara de Pétionville chega, eu devo poder...
— Ah! merda — diz Philippe —, vê se para com essa história!
— Você está enganado, Philippe, porque é verdade... — diz Antoinette. — É só pra você que ele guarda essas garrafas.
— Com ele, a gente nunca sabe — murmura Philippe.
— Proponho fazer um brinde ao viajante... Um provérbio africano diz: "Aquele que viaja não deveria ter túmulo"...
— Concordo plenamente, Manu, desejo que me enterrem onde eu cair, e que não informem ninguém de minha morte antes de dez anos. As pessoas poderão sempre achar que estou viajando.

— Eu, se morrer, gostaria que me enterrassem de pé.
— Para com as tuas besteiras, Manu — corta Antoinette. — Vocês não têm outro assunto?
— Merda! — solta Manu —, por que vocês têm tanto medo da morte? É muito simples: nascemos, vivemos e morremos. Não sabemos de onde viemos, nem aonde vamos, isso me parece correto. Não quero saber mais, mas reivindico o direito de falar da minha morte.

A canção
Manu afinal pega o violão.
— Espero que esta música te lembre alguma coisa, caro viajante...
— Você não quer comer um pouco, Manu? — pergunta Antoinette.
— Estou sem fome.
A voz se eleva. A mesma que sempre conheci: grave, dura e com um jeito de mastigar as palavras. Parece que ele as faz explodir sob os dentes. "A garota do estádio." É a primeira vez que a ouço de verdade. Tenho a impressão de estar de novo no estádio e de ter de novo vinte anos. Como naquela tarde de abril. Depois a chuva. E minha alegria. Tudo está aí. No presente. Eu me viro. O rosto de Antoinette. Aquele rosto exposto à chuva e ao amor. Já não é a minha história que ele canta. Essa lembrança lhe pertence.
— Achei — diz ao terminar a canção, com seu sorriso de lado — que ia te interessar.
Em cheio no coração.

Uma estrela nasceu
— Come alguma coisa — insiste Antoinette.
Manu pega uma coxa de frango.
— Olha o céu — diz. — Às vezes, passo a noite olhan-

do para ele. Parece um grande vazio que quer me sugar... Um dia, vou ser uma estrela lá no alto.

A estrela Manu.

As tripas

O rosto preocupado de Antoinette. Manu levanta-se calmamente, apoia o violão na parede e vai até a porta que dá para o quintal. Antoinette o segue discretamente. Observo a cena enquanto Philippe me conta sua última tentativa de produzir uma turnê com Manu. Eles deveriam fazer Montreal, Boston, Nova York, Chicago, Miami, as grandes cidades da diáspora norte-americana. Começaram por Boston. Manu deu muitas entrevistas na rádio, na tevê, e até no *Boston Globe*. Philippe deveria ir buscá-lo para irem juntos à sala de espetáculos. Manu estava lá, na porta, pronto para ir. Bem na hora de entrar no carro, ele quis voltar ao quarto para trocar de camisa ou qualquer coisa do gênero. Nenhum problema, já que não estavam atrasados.

— Só o vi de novo dois meses mais tarde, em Porto Príncipe, na frente do cine Rex... E você sabe qual foi a explicação que ele me deu? Escute só, ele me disse que ao pegar o elevador teve uma espécie de iluminação. Que nunca se deve cantar duas vezes a mesma canção em uma vida. Tudo deve ser feito somente uma vez. Deve-se amar uma vez, cantar uma vez, fazer amor uma vez. Então, foi por isso que ele parou de cantar. Para ele é absolutamente obscena essa mania que as pessoas têm de querer ouvir sempre a mesma canção que já sabem de cor. E ele me disse, nessa mesma noite, que cada vez que ele pensa nisso, só tem uma vontade: vomitar.

De repente, escutamos aquele barulho terrível, como se alguém estivesse vomitando as tripas.

— Manu!

A voz de Antoinette.

A doença
Finalmente, Antoinette voltou.
— Philippe já sabe... — ela diz. — O médico lhe deu dois anos, se ele se cuidar, e de dois a três meses, se continuar a viver como antes.
— E o que ele escolheu? — pergunto.
— Ele continua como antes, mas eu o vigio um pouco.
— É um gato, esse cara — diz Philippe. — Vai enterrar todos nós, você vai ver, Antoinette.
— Pode ser — diz Antoinette em um tom cansado —, porque, segundo o médico, ele já deveria ter morrido há muito tempo. Só lhe sobrou a carcaça. É duro! Agora, ele acabou de tomar seus remédios e se deitou. É que ele bebeu um pouco agora, quando foi à mercearia. Não posso segui-lo a cada passo e, ao mesmo tempo, quero que sofra o mínimo possível. Agora, com esse remédio de cavalo, ele vai ter de oito a dez horas de sono profundo.
— Não sei o que dizer...
— Melhor não dizer nada — ela murmura. — Você deve se comportar como antes em relação a ele. Brigue com ele se disser besteiras demais. Ele adora levar bronca, você deve saber.
— É por isso que ele provoca todo mundo sem parar — declara Philippe.
— Não — diz Antoinette. — Só vocês dois podem brigar com ele... Ninguém mais...

Nossa princesa
O pai de Antoinette é dono do hotel mais luxuoso de Pétionville. Na entrada de Pétionville.
— É estranho — ela me disse um dia logo que nos encontramos —, faz três meses que a gente se conhece, e nem você nem o Manu me perguntaram quem sou eu...
— A gente sabe quem você é: Antoinette.

— De onde venho, é a primeira coisa que querem saber sobre a pessoa. Quem são seus pais? Você tem um sobrenome?
— Certo, mas e o Philippe não?
— Philippe é um caso a parte — ela declara. — Ele seria feliz em qualquer lugar... mas vocês, não entendo. O dinheiro não parece interessá-los...
— O dinheiro sim, mas não o dinheiro dos outros.
— Mas algumas pessoas ficariam orgulhosas de saírem com a filha de fulano de tal. Digo isso porque é assim.
— Vou te dizer uma coisa, Antoinette. Você sabe, o Manu tem certeza absoluta de que é um príncipe, portanto teu pai...
Um breve silêncio
— Eu também — ela diz com uma espécie de alegria súbita —, acho que vocês são príncipes. É simples, se sou uma princesa, então os homens de que gosto só podem ser príncipes...
Rimos os dois.

Um cavalo selvagem
Escutamos a cama estalar.
— Quer alguma coisa, meu bem?
Manu já está na sala.
— Parece que os copos estão vazios.
Antoinette levanta-se de um salto para levá-lo de volta ao quarto.
— O que você está fazendo aqui, meu bem?
Ele se deixa levar sem reclamar.
— Eles não têm nada nos copos, meu bem.
— Eu cuido disso — diz Antoinette.
Eles se falam baixinho durante um momento. Depois ela volta.
— Sabem que esse remédio é para sedar cavalos selvagens? Mas parece que não é forte o bastante para ele.

Ela disse isso com um sorriso ao mesmo tempo triste e admirativo.

— Ele está comendo? — pergunto.

— Muito pouco, e só quando realmente insisto — diz. — Não entendo. Não sei do que é feito esse homem. Tenho enxaquecas. Às vezes tenho tanta dor que tomo um pedacinho do seu remédio, e caio morta por pelo menos três dias... Vocês me desculpem, mas vou pedir para irem embora. Preciso cuidar dele.

Nos beijamos.

O vigia
Encontramos o jipe, que nos esperava comportado, perto da praia. Philippe rodeou-o para ver se não faltava nada. Um menininho saiu da sombra.

— Vocês vão embora? — pergunta timidamente.

— Sim — diz Philippe.

— Então, vou me deitar... Manu tinha me pedido para olhar o carro.

Philippe procura em seu bolso alguns trocados para lhe dar, mas ele já tinha sumido.

O gato estrelado
Adormeci ouvindo a velha canção da orquestra Setentrional: "Louise-Marie".

> "Louise-Marie, bela deusa
> doçura inebriante
> açúcar de mel
> nosso amor foi você quem traiu..."

Acordei quando o jipe parou na frente de minha casa.

— Pronto — diz Philippe —, você está na porta de casa, assim sua mãe não vai se preocupar.

— Minha mãe nunca se preocupa quando estou com você.
— Agora vou enfrentar a Elsie... Digo isso, mas sei muito bem que ela deve estar numa festa na casa de amigos. E não se preocupe com o Manu, não é a primeira vez que ele está no corredor da morte. Nunca disse isso à Antoinette, mas há dez anos, foi a mesma coisa, nos mesmos termos...
— É um gato — digo.
— É, sim — responde gravemente Philippe —, um gato estrelado.
Fiquei olhando até o jipe virar a esquina. Não sei por quê, fechei de novo o portão. Um longo uivo de cachorro esquelético. Desço a rua, calmamente, as mãos no bolso. Nem uma alma viva. Acima de minha cabeça, o céu imenso de Porto Príncipe. A noite cheia.

A vaca
Ela atravessa a rua, não muito longe do posto Esso da rua Capoix. O que faz uma vaca a essa hora da noite, em plena cidade? De repente me olha. A insustentável mansidão de seus grandes olhos negros. Um momento de hesitação. O que se passa na cabeça dela? Como ela me vê? Finalmente, a enorme massa de carne decide se mexer. Ninguém perto de mim. O silêncio da noite profunda.

Lisa!
Não sei por que meus passos me levaram até a casa dela. Não pensava ter bebido tanto assim. Talvez não fosse essa a razão. Apenas um pretexto para ter coragem de ir à casa dela em plena madrugada. Tudo está escuro na casa de Lisa. Apesar disso, pulo o muro e fico embaixo de sua janela.
— Lisa! Lisa! Lisa!
A janela se abre.
— O que você está fazendo aí?

— Estava passando...
— Você não sabe que horas são?
— Desculpa te acordar.
— Não estava dormindo... O que você quer?
— Nada... Te ver...
— É perigoso andar assim, à noite... Bom, não posso falar com você, não quero acordar minha mãe. Então, nos vemos amanhã? Me procura no museu, lá pelas duas.

A cama
Minha cama estava pronta com um colchão novo, me deito vestido, totalmente esgotado, mas feliz.
— Boa noite, Velhos Ossos.
— Você não estava dormindo, mãe?
— Estava pensando...
— É preciso descansar o espírito, mãe.
— É o único momento que tenho para pensar em mim.
— No que você estava pensando?
— Em muitas coisas diferentes. Na vida em geral... No teu pai também...
— Meu pai morreu, há quase doze anos.
— Sim, você me escreveu para contar. Sabe, quando recebi essa notícia, chorei sem parar durante dias. Pensei que essa dor me levaria... Então, uma mulher que trabalhava comigo, aqui, me disse: "Senhora, vamos rezar juntas, a senhora vai ver, sua dor passará". Rezamos, de verdade. Depois, adormeci no chão e dormi durante mais de dez horas sem parar, eu que nunca durmo mais do que quatro horas. Acordei, e minha dor não estava mais aqui. Não sofria mais como antes. Antes, eu tinha um grande buraco aqui, no fundo do meu ventre, como se um rato vivesse no interior do meu corpo... E você viu seu pai?
— Sim, eu o vi em seu caixão e reparei numa coisa estranha, nós temos exatamente as mesmas mãos.

— É verdade... Quando você era pequeno eu sempre dizia a seu pai: "Olhe suas mãos em miniatura" e isso o fazia sorrir... E também, vocês têm a mesma maneira de agradecer, um "obrigado" seco...
— Foi você quem me disse isso, um dia... Eu mesmo só ouvi a voz dele uma vez na vida.
— Ah é?...
— Fui vê-lo no pequeno apartamento do Brooklyn. Bati à porta. Nenhum barulho. Continuei batendo e encostei meu ouvido na porta. Finalmente, ouvi alguém andar na minha direção.
— Quem está aí?
— Teu filho — respondi.
— Não tenho filhos, todos os meus filhos morreram.
— Sou eu, pai, vim ver você.
— Volte para o lugar de onde veio, todos os meus filhos morreram no Haiti.
— Mas eu estou vivo, pai.
— Não, só há mortos no Haiti, mortos ou zumbis.
Ele não abriu a porta, e fui embora. Essa foi nossa única conversa.
— Ele achava que estávamos todos mortos — diz lentamente minha mãe —, e foi isso que o deixou louco.
— Faz doze anos que essa conversa não me sai da cabeça. Por que ele disse que só havia zumbis no Haiti? Como se, aos olhos dele, este país não passasse de um imenso cemitério.
— Como se estivéssemos todos mortos sem saber — continua minha mãe. — Teu pai era um homem muito inteligente, sabe? Ele sabia coisas muito sutis, coisas que só podemos perceber apertando os olhos... Ele tinha uma sensibilidade exacerbada. Talvez ele visse coisas que não podemos perceber a olho nu... Sinto que você não pode mais manter os olhos abertos.

— É verdade, mãe. Estou completamente esgotado.
— Então, durma bem, Velhos Ossos.
— Durma bem, você também.
— Não acredito que possa dormir. Tenho coisas demais na cabeça.
O uivo inconsolável de um cachorro.

PAÍS SEM CHAPÉU

Cé quand tête coupé, ou pas mété chapeau.
(Quando a cabeça é cortada, não se pode usar chapéu.)

A mão

Sinto uma mão rugosa no meu pescoço. Tenho um sonho estranho e nesse sonho me perseguem. Uma pequena multidão de pessoas furiosas quer me pegar. Corro. Normalmente, em situações parecidas, consigo sempre desaparecer no momento crítico. Dessa vez, minhas pernas se recusam a mover-se. E a multidão se aproxima perigosamente. Alguém acaba me pegando pelo pescoço. Uma mão rugosa.

— Está na hora.
— Hein! O quê?
O rosto enigmático de Lucrèce na minha frente.
— Devemos ir agora.
— Onde vamos?
— O senhor vai ver...
— OK — digo me levantando —, vou me lavar rapidamente e nos encontramos no portão.
— Não — diz secamente. — É uma viagem que a gente faz mantendo o cheiro do sono.

Um cachorro amarelo

Ele anda de forma saltitante, como os camponeses. Algumas correntes de *maldiocs*[9] em torno do pescoço. Veste um

---

[9] O termo significa tanto mau-olhado quanto os objetos que o afastam, como roupas (*rad madyok*) ou colares (*kolye madyok*). (N. da T.)

paletó azul de Sião com dois grandes bolsos na frente, e um chapéu de palha colocado tão de leve na cabeça que se tem a certeza de que qualquer vento o fará voar.

— Assim que cruzarmos este portão — diz —, cairemos no outro mundo.

Cruzamos o portãozinho, e a rua não mudou a meu ver. A cor meio violeta da aurora dá uma coloração bastante estranha às coisas, mas só isso. As mesmas crateras que nos obrigam a caminhar prestando atenção para não cair em uma poça de água parada. O mesmo cachorro amarelo que precisa se apoiar na parede para latir por causa de sua extrema magreza. A mesma mocinha varrendo, já na aurora, a varanda da mercearia da esquina. Uma aurora um pouco fria.

— O sol vai arder, daqui a pouco, o senhor verá — diz Lucrèce sem se virar.

Ele anda num ritmo rápido na minha frente.

O pão
Na padaria do Perpétuo Socorro, ao pé do morro Nelhio, os homens estão suando. Eles começaram a trabalhar lá pelas duas horas da manhã. O cheiro do pão assando. Ninguém consegue resistir. Paramos um momento. Lucrèce compra dois pães grandes, e reparo que enfia a mão calejada na bolsa que traz a tiracolo para tirar folhas de chá com as quais paga. Em vez de jogar as folhas na cara dele, o padeiro as recebe com certa compunção. Lucrèce guarda em seguida o pão em sua bolsa.

— É bom quente — digo.

Ele continua seu caminho, como se eu não tivesse dito nada. Sigo seus passos em silêncio. É assim que chegamos ao pé do morro L'Hôpital.

— Não posso ir mais longe... — diz. — O senhor deve continuar sozinho.

Agora sei quem estava comigo. Não era Lucrèce, mas

Legba. Legba, aquele que abre o caminho.[10] É o primeiro deus que encontramos quando penetramos no outro mundo.

Bom-dia
Sigo meu caminho, olhos atentos, esperando ver a cada passo alguma coisa inesperada, uma forma misteriosa qualquer. Mas nada, a não ser esta leve poeira branca levantada por um ventinho maroto. De quando em quando, cruzo com um burro carregado de cabaças, nada mais. Enfim, um casebre à direita, embaixo de um imenso flamboyant. É uma mercearia.

Entro. Uma mulher enorme de rosto sorridente está atrás do balcão.

— Bom dia — digo.

Ela sorri por um breve instante.

— Meu caro senhor — diz —, sempre faz esse tempo.

— E daí?

— E daí — acrescenta com um largo sorriso — que só temos essa luz.

Vendo que eu continuava sem entender:

— Então, aqui, não existe a diferença entre o dia e a noite, como vocês têm lá... Está no Gênesis: "Houve uma manhã, e não houve nunca mais noite".

"Boa viagem, peregrino"
— Ah — ela diz —, é sempre um prazer ver um cliente por aqui...

— Parece que faz muito tempo que a senhora não via um — digo olhando para as prateleiras empoeiradas.

---

[10] Uma das divindades mais importantes do panteão vodu, é o deus que guarda todas as entradas por onde passam os espíritos bons e maus. (N. da T.)

— Às vezes passa um, mas na verdade é raro... Exceto quando voltam de Bombardopolis.

— Quem vai a Bombardopolis?

— As pessoas daqui, elas sempre tiveram o hábito de ir lá.

— Por que vão justamente para Bombardopolis?

— Não sei, nunca fui lá... Estou aqui para receber os novatos que ainda não sabem que não precisam mais comer. As pessoas custam a se livrar de certos hábitos. Então, chegam e me pedem um sanduíche e uma limonada. Entende?, estou no caminho deles.

— Então, estou no caminho certo...

— Para falar a verdade, não existe caminho.

— Diante disso, o que fazer?

— Só é preciso andar. Só existe um caminho, aquele que escolhemos. Olhe para mim, eu não quis ir mais longe, parei aqui e instalei esta mercearia na beira da estrada, e ninguém nunca me perguntou o que faço aqui nem qualquer outra coisa.

— Será que existem outras lojas?

— Não, esta é a única nas redondezas... Veja, não fui muito longe.

— Bem, obrigado... Quanto devo?

— Você comeu um sanduíche e uma limonada, são cinquenta ogus.

— Desculpe-me mas não tenho esse dinheiro, aliás, nem sei o que é um ogu.

— É o dinheiro daqui. Você me pagará quando puder. Não tem pressa. Na verdade, até hoje, ninguém nunca me pagou, o que faz com que eu mesma nunca tenha visto um ogu... Boa viagem, peregrino.

Pensando bem, o ogu talvez seja a folha de chá que Legba usou para pagar o padeiro.

O caminho

Lá fora, um céu de um azul puro, mas a estrada sempre poeirenta. Decidi, sem motivo, parar de seguir o que parece ser a estrada principal para pegar esta trilha a minha esquerda. O caminho parece mais acidentado, mas não tenho mais essa poeira branca entrando pela boca e pelo nariz. Andei bem um quilômetro antes de entender o que estava acontecendo. É que a qualquer momento podemos mudar de caminho. Poderia ter continuado muito tempo engolindo aquela poeira branca, se não tivesse tomado a decisão de mudar de direção, ou simplesmente de pegar um outro caminho menos poeirento. Quem me obrigava a ir por aquela estrada poeirenta? Ninguém. Quem me impedia de pegar esta trilha perfumada? Ninguém. No entanto, eu aceitava como fato consumado aquela situação insuportável. O caminho já traçado, apesar de poeirento, parecia levar a algum lugar. Era essa minha certeza, até que compreendi que não importa qual o caminho escolhido, ele sempre nos levará a algum lugar.

A fonte

Cheguei perto de uma fonte na qual um grupo de mocinhas sorridentes está lavando roupa branca.

— Bom dia.

Elas caem na gargalhada em uníssono como é o hábito das bem mocinhas quando estão em grupo.

— O que vocês fazem aqui?

A mesma risada ao mesmo tempo intensa e alegre.

— Por que vocês riem assim de mim?

Finalmente, uma delas se dá ao trabalho de me responder.

— Viemos aqui lavar nossos vestidos.

De fato, cada uma delas estava lavando um único vestido branco.

— Vai ter festa em algum lugar? — pergunto.

Um riso mais gutural, um pouco sarcástico. Ao menos, é a minha impressão.

A mesma mocinha me sorri.

— O senhor vai aonde?

— Estou de visita — respondo ingenuamente.

Parece até que uma corrente elétrica lhes atravessou o corpo. Elas se debatem como enguias fora d'água.

— Por que vocês riem sem parar?

Elas riem de novo. Decidi seguir meu caminho, visto que não há nenhuma possibilidade de conversar com elas.

Ogou, o deus do fogo

Um homem de grande estatura, sem camisa, trabalhando diante de uma forja. Ele atiça o fogo com um fole. Paro, um momento, para olhá-lo. Ele se vira na minha direção, lançando-me um terrível olhar antes de voltar a seu ferro em brasa.

— O senhor viu minha filha?

— Não sei dizer, senhor. (Será que eu sou a única pessoa no mundo a ter falado assim com um deus?) Vi muitas mocinhas perto da fonte.

Ele explode de rir.

— É Marinette.

Aquela que chamamos de Marinette perna-seca.

— Ela o fez acreditar que havia várias meninas na fonte — continua. — É sua brincadeira preferida. Estava, com certeza, lavando seu vestido branco para a cerimônia de hoje à noite.

— Ela é muito bonita, sua filha...

— É filha da mãe que tem. Ela não tem nada meu, exceto o nariz. Fora isso, é a mãe escarrada. Tal mãe, tal filha também. Duas safadas... E agora, meu jovem, tenho mais o que fazer. Se quer conversar, siga reto até a figueira, depois vire à direita e encontrará minha mulher. Você não pode errar. Aliás, ela vai se apresentar a você.

Os deuses classe média
Decididamente, não é o inferno de Dante. Eu que pensava cair no meio de uma chuva de formas estranhas em um mundo bizarro, um universo tão poderoso, tão cheio de símbolos, tão complexo, que teria me ajudado, nutrindo minha prosa de saborosos detalhes que ultrapassam a compreensão humana, a ponto de rivalizar com as visões de São João ou com o inferno de Dante. Em vez disso, tenho que aturar as gozações de uma deusa adolescente e as lamentações de um pai, supostamente o terrível Oguou ferreiro, que mais parece um pobre operário afundado até o pescoço em frustrações matrimoniais. Estaria eu aqui para ouvir um deus me contar suas dificuldades com a mulher? E principalmente, é com esse monte de besteiras pequeno-burguesas que o vodu pretende enfrentar os mistérios do catolicismo? Não quero acreditar.

O caminho sem fim
Quando um deus ou simplesmente um camponês lhe disser que não é muito longe, desconfie. Sua noção de distância é diferente da nossa. Não sei se andei dias ou horas, ou mesmo anos, já que aqui estamos na escala da eternidade. De qualquer forma, no caminho fiquei mais de uma vez desesperado para chegar até a maldita figueira. E quando a vi, à medida que avançava em sua direção, ela recuava. Finalmente a alcancei. Logo em seguida, achei a trilha à minha direita da qual Ogou tinha falado. Há tantos calangos que correm para todo lado em torno de mim que poderíamos batizar esse lugar de jardim dos calangos. E ao longe, na encosta da montanha, aquela charmosa casinha de cores tão brilhantes que parecia ter saído diretamente de um quadro de pintura primitiva. Aproximo-me, no entanto, temeroso. De repente, me pegam pelo pescoço.

— O que o senhor está fazendo na minha casa?
Assim que me viro, reconheço-a.
— Sou Erzulie Fréda Dahomey ou Erzulie Dantor, depende se quero branca ou preta. O amor ou a morte.
Tremo levemente.
— Então — continua — meu excelente marido enviou você para me dar bom-dia...
Ela agarra um calango e lhe dá uma abocanhada.
— Estou de regime — explica —, só me alimento de calangos atualmente... Então você acabou de ver Ogou, e ele te enviou. Ele tem esses delicados cuidados com sua querida esposa.
Ela larga enfim meu pescoço e começa a dançar ao meu redor. Ela não é alta, mas cheia de energia e principalmente muito sensual. Uma esposa-amante, como dizem aqui.
— Devo dizer-lhe que, desde que o caro Ogou não dá mais no couro, sou obrigada a buscar parceiros entre os mortais, e eles não estão à altura, naturalmente. Posso trepar facilmente um mês inteiro sem parar.
— Para fazer amor um mês inteiro, é preciso...
— Escute, meu jovem, os humanos fazem amor, mas os deuses trepam.
— Certo, mas para trepar um mês sem parar...
Seu riso soa num *crescendo* levemente histérico.
— Digo um mês, assim, mas no fundo nem sei, pode ser um ano ou mais, não sei contar na medida de vocês. Sou uma analfabeta. A única coisa que posso te dizer é que, tirando Ogou, meu marido, nenhum outro deus consegue acompanhar meu ritmo.
Senti um novo calafrio correndo na espinha.
— Quando estou no cio — continuou —, posso consumir uma quantidade astronômica de humanos... Homens ou mulheres, tanto faz.

Ela me pega pelo pescoço, desta vez com ternura, e quando alguém te pega assim pelo pescoço, deus ou mortal, é que vai te pedir um favor.

— O que ele estava fazendo?

— Quem? — pergunto, um pouco desconcertado.

— Meu marido...

— Estava trabalhando.

— Ah... (Um tempo...) Ele estava trabalhando... E onde estava a pequena sirigaita?

— Quem?

— Pare de se fazer de bobo... Onde estava minha filha?

— Eu a encontrei perto da fonte.

— O que ela estava fazendo lá?

Seus olhos se tornavam cada vez mais vermelhos.

— Estava lavando.

— Eu sei que estava lavando. Mas lavando o quê?

— Acho que estava lavando um vestido branco para uma cerimônia.

Um longo silêncio.

— Era tudo o que eu queria saber. De qualquer forma, se aquele velho sovina te mandou aqui, é porque ele queria que eu soubesse... Bom... Então, ele está pensando em casar com a filha... Há! há! háháháháhá! — solta entrando em sua casinha.

Um riso estranho, um pouco artificial, que me gela o sangue. Eu a olho andando de um lado para o outro em sua pequena sala abarrotada de bugigangas. Na parede, sobre uma grande toalha de banho vermelha: uma foto de Martin Luther King apertando a mão de John Kennedy.

— Você quer beber alguma coisa?

Ela não espera minha resposta e tira uma garrafa de coquetel de cerejas de um pequeno armário coberto de poeira que ela mantém trancado à chave.

— Não sei desde quando tenho este coquetel aqui. Ra-

ramente recebemos visitas. As pessoas daqui preferem ficar em casa. Só Zaka[11] vem me ajudar às vezes...
Olho pela janela e vejo um velho homem capinando o jardim. É ele, Zaka, o deus dos camponeses.
— Sabe o que você vai fazer?... Vai voltar para ver Ogou e, falando com ele, vai dar um jeito de ele achar que você se deitou comigo.
— Mas isso não vai fazer diferença, se a senhora mesma acabou de dizer que...
— É, mas não aqui, não no leito conjugal... Ele pode ser um deus, mas é também um homem, você entende o que quero dizer...
— Se for mesmo um homem, sei o que vai acontecer.
— Bom, se ele te atacar, terá que se haver comigo...
— Sim, mas até lá...
— Se você morrer por mim, poderá vir morar aqui comigo por toda a eternidade — diz com olhos de noite.
Preciso pensar rápido.
— Eu, se fosse a senhora, em vez disso tentaria reconquistar Ogou, o que vai ser fácil, pois a senhora é muito mais bonita e, principalmente, muito mais experiente que sua filha.
— Sim, mas ela é mais jovem.
— Me disseram que o tempo não existia aqui.
— Não para essas coisas — diz com jeito maroto.
— Oh! então é relativo?
— Tudo é relativo, meu bem — diz avançando em minha direção.
De repente, ela começa a rebolar. Que situação mais estranha estar sentado aqui, nesta sala kitsch, olhando Erzulie

---

[11] Deus da agricultura, guardião das montanhas e protetor dos viajantes. (N. da T.)

Fréda Dahomey, a mais terrível deusa da cosmogonia vodu, tentando me seduzir para que eu vá ferir, com a arma do ciúme, o coração de seu marido, Ogou Badagris ou Ogou Ferreiro, o intratável deus do fogo e da guerra.

— A senhora talvez seja menos jovem, mas tem as pernas mais bonitas do que as de sua filha, que apelidamos de Marinette perna-seca.

Desta vez, acho que acertei na mosca e que mais tarde não haverá cerimônia nenhuma. Mas antes que tudo vá pelos ares, tem alguém que precisa dar no pé daqui bem rápido.

O retorno
Lucrèce estava me esperando ao pé do morro L'Hôpital.
— Que horas são?
— É a primeira coisa que perguntam todos os que voltam de lá. Devem ser seis horas. O senhor partiu em torno das cinco e meia.
— Só passei meia hora lá?
— Nenhum mortal pode ficar lá mais de uma hora, mas sua viagem ainda não terminou.
— Onde estamos agora?
Lucrèce não responde.
— O senhor é Lucrèce?
Nenhuma resposta para essa questão também. Descemos em silêncio o morro Nelhio até minha casa. Quando me preparava para cruzar o portão e entrar, senti aquela mão gelada no ombro.
— Assim que cruzar o portão, cairá no outro mundo.
— E o senhor, em qual mundo vive?
Silêncio. Tiro bruscamente o espelhinho oval que minha mãe me deu para colocá-lo na frente de Lucrèce. Naturalmente, nenhum reflexo.
— Era exatamente o que pensava — digo antes de cruzar calmamente o portão.

Estou agora no mundo real e não vejo nenhuma diferença com o mundo sonhado.

O prato de sopa
Minha mãe me traz um prato de sopa fumegante.
— Toma, isso vai te dar forças.
Tomo algumas boas colheradas.
— Lucrèce ainda está aí?
— Está, sim — diz minha mãe. E o vejo sentado na varanda como um fantoche desarticulado.
— Ah! — digo tomando cada vez mais avidamente a sopa —, tem um belo osso aqui dentro.
— É um osso de boi, dá mais sabor à sopa.
— Está muito bom, mãe.
Minha mãe sai, levando o prato de sopa tão limpo que parece que foi lavado. O sorriso radiante de minha mãe.

Cochichos
— Comadre! — cochicha a vizinha para minha mãe. — Você me esconde coisas...
O tom não é agressivo. Estico levemente o ouvido.
— Como assim?! — responde minha mãe no mesmo tom.
— Tenho uma amiga que veio me ver, ontem à noite. Ela é cabeleireira em Montreal e me disse que conhece bem o teu filho.
— E daí?
— Espere, ela me disse também que ele é muito conhecido lá... (ela baixa ainda mais a voz...) Ela me disse que, segundo seus cálculos, teu filho deve ser milionário... Sim, foi isso que ela me disse...
— Ah! não estou sabendo de nada...
— Só estou dizendo o que ela me disse... Que ele é com certeza milionário... Mas o que ele faz lá?

— Ele é escritor — diz minha mãe.
Ela faz um muxoxo de desprezo.
— Ah!... Sem dúvida, não foi assim que ele ficou milionário. Eu, se fosse você, Marie, faria minha própria investigação. Deve ter drogas aí no meio.
— Sem dúvida — diz minha mãe afastando-se devagar da cerca-viva de algarobas enferrujadas que separa nosso quintal do da vizinha.
Quando minha mãe se retira, volto à máquina de escrever. Uma pesada manga acaba de cair raspando em mim. Escrever é um esporte perigoso.

O tédio
Lucrèce chega, chapéu na mão, atrás do professor J.-B. Romain. Tia Renée os segue com uma cadeira que oferece a Lucrèce, que a oferece ao professor.
— Bem — diz Lucrèce —, devo ir embora agora, tenho um longo caminho a fazer.
— Até logo, Lucrèce — diz o professor, que ao mesmo tempo se vira para mim com um largo sorriso...
— E então? — o professor me pergunta com uma ponta de impaciência na voz.
— Os deuses me desapontaram.
— Foi a impressão de Lucrèce... A intuição camponesa.
— Sim — digo em um tom cansado.
O grito de um pássaro, ao longe.
— O que o senhor vai fazer?
— Vou fazer meu livro apesar de tudo, mas já vou avisando que não é com esse monte de histórias sem graça, de clichês intragáveis que os deuses do vodu vão construir uma reputação internacional. Acho que, no meu caso, teria sido melhor se eles tivessem guardado segredo.
— Não! — diz com raiva. — Eles fizeram bem, foi o senhor que não entendeu nada...

— E o que é que não entendi, professor?
— O senhor não entendeu nada... Se acredita que o catolicismo é superior...
— É verdade, é isso que eu penso, professor.
— E no que ele é melhor? No que a história de Jesus merece mais atenção que a de Ogou?
— O que acabo de ver lá, professor, não tem nome... Caí no meio de uma estúpida disputa de família... Só isso.
— E a história de Jesus, ela é melhor na sua opinião? É isso... hein! a história dessa família cujo pai é visivelmente velho demais para ter um filho, a mãe, aquela mocinha que se casou seguramente contra sua vontade com esse velhinho, um honesto trabalhador, é verdade, mas que não era seguramente o sonho daquela jovem virgem, e o filho que com trinta anos ainda vive na casa dos pais...
— Sim, mas professor...
— Enquanto, ao lado disso, lá ao menos, há vida, os sentimentos são levados ao extremo (o amor, o ciúme, a morte), as cores também são muito fortes (o preto, o vermelho, o violeta e o branco cintilante)... O sexo torna-se um fruto tropical que cresce na árvore humana... Acho, meu jovem amigo, essa história bem mais palpitante que a outra, aquela da família do pobre carpinteiro de Belém.
Começo a titubear um pouco.
— Sim — digo —, mas uma virgem que dá à luz, não é nada mau...
— Claro que não é nada mau... Quem disse o contrário? Só que, aqui, precisamos de uma mãozinha... Pensei que isso iria interessá-lo, visto que o senhor é um escritor, enfim essa história do espelho ou da mãe e da filha caçando o mesmo homem, ou ainda aquela do tempo infinito.
— Sim, é divertido, mas eu esperava... Afinal, eu estava no meio de deuses... Não esperava que eles se pusessem a imitar Shakespeare...

— Nisso o senhor está enganado, meu jovem amigo, não são os deuses que imitam Shakespeare, é Shakespeare que imita os deuses... Tem um poeta que disse, uma vez, que o homem é um deus caído que se lembra dos céus, talvez não esteja citando exatamente o verso, mas, na essência, é mais ou menos isso... E é realmente verdade. O que esquecemos de dizer é que as divagações dos poetas são com frequência uma explicação científica da realidade, realidade material, física, vulgar...

O professor parece excitado no mais alto nível. Seu espírito salta como um canguru num campo de futebol.

— Por que vulgar, professor?

— Eu me lembro — continua, erguendo os olhos para o céu —, de Dante falando de Homero: "Batendo as asas voa Homero acima de nossas cabeças, ele é o maior, porque é o poeta do ordinário, do cotidiano e do prosaico". Tudo isso para mostrar que, muitas vezes, o que os poetas dizem nada mais é que a verdade. Quando o poeta diz que o homem se lembra dos céus, não é uma palavra ao vento, ele quer dizer que se construímos casas aqui é porque existem casas lá de onde ele vem, se oferecemos flores àqueles que amamos, não é por acaso, é porque é assim que se faz lá, se escrevemos, se fazemos amor, se somos ciumentos, ou se enchemos nossas casas de enfeites, continua sendo porque é assim que se vive lá. Logo, caro amigo (o tom do pastor batista), Shakespeare imita os deuses porque ele se lembra melhor que os outros homens da vida que se leva lá... Preste atenção, não digo lá no alto, lá no alto é uma visão errônea do outro mundo que o cristianismo contribuiu para tornar popular.

— Mas, justamente, o que o senhor tem contra o cristianismo, que sempre o ataca com seus anátemas?

— O quê? — exclama o professor —, não esperava uma pergunta dessas vindo do senhor, de um nativo-natal, de um filho do Haiti-Thomas.[12] Teria o senhor esquecido a campanha dita antissupersticiosa de 1944, durante a qual a Igreja tentou com todas as suas forças destruir o vodu? Eles destruíram os templos, prenderam todos os *hougans*,[13] arrancaram os grandes *mapous*,[14] aquelas grandes árvores que nos serviam de locais de memória...

— Se eles fizeram tudo isso que o senhor diz, como vocês puderam sobreviver?

— Pela astúcia, meu amigo. Driblamos o inimigo.

— Como assim?

— Fizemos das igrejas cristãs, templos do vodu... Há! há! háháhá!... Fizemos dos santos cristãos, deuses do vodu... Há! háhá! Háháhá... Foi assim que São Tiago se tornou Ogou Ferreiro. Os padres católicos nos viam em suas igrejas e acreditavam que tínhamos abdicado de nossa fé, enquanto estávamos justamente louvando, da nossa maneira, Erzulie Dantor, Erzulie Fréda Dahomey, Papa Zaka, Papa Legba, Damballah Ouedo... Todos esses deuses tinham, de maneira insidiosa, tomado a forma e o rosto dos santos católicos. Nós estávamos em casa, na casa deles... Há! há! háháháháhá háháháháháh!...

Um riso inextinguível.

— E o que acontece hoje? Por que toda essa agitação que sinto em torno de mim, professor?

— Pois é, nossa reputação está em baixa. E pedimos a todos os filhos do Haiti que façam um esforço suplementar para restabelecer a honra de nossas raízes e de nossos deuses...

---

[12] Nome familiar do Haiti, que encerra, entre outros significados, o ceticismo evocado pelo nome do apóstolo São Tomé. (N. da T.)

[13] Sacerdotes vodu, auxiliares nas manipulações sobrenaturais. (N. da T.)

[14] As sumaúmas, árvores identificadas ao baobá africano e embaixo das quais se realizam cerimônias vodu. (N. da T.)

— Devo dizer, professor, que a palavra "raízes", vinda de onde vier, me deixa de cabelo em pé. Se formos por aí, como censurar os nazistas?

— Não é a mesma coisa.

— Essa é a resposta clássica... Nunca é a mesma coisa quando se trata de nós. De qualquer forma, se são verdadeiros deuses, não precisam de mim, simples mortal...

— Não diga isso, meu amigo. Como o senhor pensa que a Igreja Católica pôde impor sua vontade ao mundo ocidental, se não fosse Michelangelo, Leonardo da Vinci e mesmo Galileu, de uma certa maneira, sem falar da Inquisição, das armas, do dinheiro, dos missionários e das salas de tortura. Todos esses músicos, poetas, pintores, entoaram a mais escandalosa (nos dois sentidos da expressão) propaganda da história humana. Como dizem os jovens, nada além de publicidade.

— É o que o senhor também quer?

O professor J.-B. Romain faz furiosamente sim com a cabeça.

— E o que devo fazer?

— Escute, o escritor é o senhor, deve saber muito bem o que fazer.

— Vou dizer a verdade, é isso que me interessa...

— Contanto que desperte o interesse dos outros pelo que está contando... Nunca será tão sem graça quanto a história do velho carpinteiro que ensina sua profissão ao filho...

— E no entanto funcionou, professor.

— É verdade — diz o professor com um magro sorriso.

— O senhor me pede demais... Inventar uma nova imagem para os deuses do vodu... Pode me garantir que os deuses estarão do meu lado?

— Inteiramente.

— Tenho certeza, de minha parte, que Leonardo da Vinci não estava, como se diz, "só" quando pintava...

— O senhor terá igual assistência.
— Então, vou começar a trabalhar.
— Bom trabalho! — diz o professor levantando-se.

Bem no momento em que ele atravessa o portão, reconheço seu andar ondulante, visto que Damballah o magnífico sempre é representado por uma cobra na iconografia do vodu. Esta manhã, ele tinha tomado os traços do estimado professor J.-B. Romain para vir tentar, pessoalmente, me convencer a escrever um livro sobre esse curioso país onde ninguém usa chapéu.

PAÍS REAL / PAÍS SONHADO

Ou a mété toute moune dého;
jou lan mo rivé, cé ou minm ka soti.

(Você põe todo mundo para fora;
quando chegar o dia da sua morte, será você quem terá de sair.)

Um pintor primitivo

Esta história está talvez na origem deste livro, e não sei por que a conto. Nunca deveríamos abrir a barriga da galinha dos ovos de ouro. Mas sou daqueles que preferem a carne ao ouro. Então, vai contar essa história ou não vai?
Vou, agora mesmo... Aqui está... Esse homem morava do lado de minha casa. Passava meus dias inteiros com ele. Ele não sabia ler nem escrever. Só sabia pintar. Paisagens grandiosas. Frutos enormes. Uma natureza luxuriante. Mulheres esguias, hieráticas, que descem os morros com enormes cestas de legumes na cabeça. Ele pintava também animais da selva equatorial. Tudo era sempre verde, abundante, alegre. Suas telas nunca tinham tempo de secar. Pessoas ricas, instruídas, vinham logo comprá-las.
Um dia, veio um jornalista do *New York Times*.
— Baptiste — perguntou —, por que o senhor pinta sempre paisagens tão verdes, tão ricas, árvores vergadas pelo peso de frutas maduras, pessoas sorridentes, enquanto em torno do senhor só há miséria e desolação?
Um momento de silêncio.
— O que pinto é o país que sonho.
— E o país real?
— O país real, senhor, não preciso sonhá-lo.

O imaginário, os espaços, as línguas

Heloisa Moreira

> "O imaginário. Ou seja, a arte e a literatura. É pela literatura que se ilustra esse movimento desentravante que vai do nosso lugar para o pensamento do mundo. De agora em diante, é este um dos objetos mais caros da expressão literária. Contribuir, pelos poderes da imaginação, para criar a rede, o rizoma das identidades abertas que falam e escutam."
>
> Édouard Glissant[1]

A leitura de *País sem chapéu* abre as portas do universo haitiano, revela a existência de um país muito mais complexo do que aquele que costuma fazer parte do imaginário brasileiro alimentado pelos noticiários simplistas, dirigidos e raros. Em 2004, devido às eleições presidenciais e à presença do Brasil na coordenação da Missão das Nações Unidas para ajudar na estabilização do país, o Haiti apareceu na mídia quase diariamente, mas com um olhar viciado, mostrando sempre os mesmos ângulos. Mais recentemente, com o terremoto de 2010, voltamos a ter notícias do Haiti, porém a superficialidade permaneceu.

Diante das informações que chegam até aqui, parece uma utopia falar em literatura haitiana. Será que existem escritores por lá? Sim, esse país miserável e perigoso é também possuidor de uma cultura rica e de forte tradição literária. Na

---

[1] Édouard Glissant, *Traité du tout-monde*, Paris, Gallimard, 1997, p. 248. Nossa tradução, aqui e nas demais citações.

Universidade de São Paulo, na Faculdade de Letras (FFLCH-USP), há uma professora, Diva Barbaro Damato, que há anos encanta seus alunos com um curso sobre a literatura do Caribe. É uma grande descoberta para todos, ou quase todos os estudantes: países com realidades muito próximas da nossa, com uma literatura riquíssima em língua francesa. Eu fui uma dessas alunas que descobriu uma região geográfica, muitas literaturas e novas formas de encarar o mundo.

Foi nesse curso que li pela primeira vez o livro *Pays sans chapeau*. Revelou-se para mim um país, um autor. Que prazer encontrar uma realidade tão familiar expressa em língua francesa! Comecei a conhecer a história dessa nação, suas dores, seus mitos, suas raízes culturais. Procurei entender o que significou a colonização e a conquista da independência para os haitianos, e mais tarde como, ao tentar recuperar suas raízes africanas, acabaram caindo na armadilha de Duvalier e amargaram mais uma ditadura durante anos. Reconheci essas marcas no imaginário e na escrita de Dany Laferrière.

Logo li outros livros do que o autor chama "autobiografia americana", bem como entrevistas e ensaios sobre ele. Até finalmente ter a oportunidade de conhecê-lo pessoalmente, quando veio pela primeira vez ao Brasil, em 2006, para a Bienal do Livro de São Paulo. Foi importante constatar que a autenticidade que sentimos ao ler seus textos é de fato uma característica marcante de sua personalidade. Suas frases de efeito não são somente artifícios, pelo contrário, tratam de questões fundamentais para aqueles que não querem ser reduzidos a etiquetas classificatórias.

Laferrière é hoje um escritor muito conhecido e premiado no Canadá, teve praticamente todos seus livros traduzidos para o inglês e, na França, é conhecido como escritor francófono. Foi também traduzido para o alemão, o espanhol, o italiano, o holandês, o grego, o coreano, o sueco e o polonês. Parecia-me estranho que países tão díspares já conhecessem seus romances, e o Brasil ainda não. Diante do vasto quadro de escritores haitianos, poucos já foram traduzidos por aqui: René Depestre, Gérard Étienne e Jacques Roumain. Chegou o momento de acrescentar um novo nome à lista.

Ao traduzir esta obra, procurei levar em conta a pluralidade do autor e sua peculiar relação com a língua francesa. Laferrière estabelece uma relação complexa com as diferentes línguas a que está ou esteve exposto, o que se reflete em sua obra em uma escrita múltipla, *créole*. O escritor e intelectual da Martinica Édouard Glissant emprega o conceito de *créolisation*[2] para o fenômeno cultural que acontece no encontro de culturas. Sua preocupação é nomear a construção de um imaginário múltiplo que torne possível compreender as dimensões do mestiçamento cultural dentro de um processo intercultural permanente e imprevisível. Glissant é um grande defensor da diversidade de culturas e da possibilidade do convívio entre elas, apesar das dificuldades que esse encontro pode gerar. Afinal, o encontro cultural muitas vezes provoca reações de fechamento em relação às identidades diversas:

> "No encontro das culturas do mundo, é preciso termos a força do imaginário de conceber todas as culturas como exercendo ao mesmo tempo uma ação de unidade e de diversidade libertadora. É por isso que clamo para todos o direito à opacidade. Não é mais necessário 'compreender' o outro, ou seja reduzi-lo ao modelo de minha própria transparência, para viver com o outro ou construir algo junto."[3]

---

[2] Derivado de *créole*, e este do espanhol *criollo*, que no período colonial designava as pessoas nascidas nas colônias, mas de ascendência européia. Hoje denomina o natural dessas regiões e os dialetos locais.

[3] Édouard Glissant, *Introduction à une poétique du divers*, Montreal, Presse de l'Université de Montréal, 1995, pp. 53-4.

A noção de opacidade e a abertura a um imaginário múltiplo são importantes no percurso de aproximação em direção à cultura haitiana, e mais especificamente a sua literatura. Laferrière muitas vezes manifestou sua recusa aos rótulos, contudo tomei a liberdade de recorrer à noção de *créole* para defini-lo, o que poderia desagradá-lo. Porém, por essa designação ter em si a característica da pluralidade e do contato com o outro, considero-a uma abertura.

Dany Laferrière nasceu no Haiti, em Porto Príncipe, em 1953. Exilou-se com 23 anos no Canadá, na cidade de Montreal, onde viveu até 1990, quando se mudou para Miami. Em 2002 voltou para o Québec. Deixou seu país durante a ditadura de Jean-Claude Duvalier (Baby Doc, 1971-86), filho de François Duvalier (Papa Doc, 1957-71), para viver no exílio. Como ele mesmo relata no livro:

"Aos dezenove anos, tornei-me jornalista em plena ditadura dos Duvalier. Meu pai, também jornalista, foi expulso do país por François Duvalier. O filho deste, Jean-Claude, levou-me ao exílio. Pai e filho, presidentes. Pai e filho, exilados. Mesmo destino."

No exílio, nasceu o escritor. Um escritor que se expressa numa língua que não é a sua e vive em um país que não é o seu. Contudo, o exílio não é só um afastamento, é também uma aproximação com o novo. Não é só um lugar que desenraíza, mas também uma ponte possível para outras culturas, o que permite aproximar dois mundos diferentes. Aliás, Laferrière costuma afirmar que o único exílio que conhece é o do tempo: sente-se exilado de sua infância, pois já não pode mais alcançá-la.

O escritor, que passou parte da infância numa pequenina cidade do Haiti, Petit-Goâve, a adolescência na capital,

Porto Príncipe, tornou-se adulto no Québec, e viveu alguns anos em Miami, se diz americano. Apesar de dividido entre três países, sempre viveu na América. Conhecer a relação que Dany Laferrière estabelece com os diferentes países em que morou e com as línguas que aprendeu são aspectos relevantes de sua formação, que nos ajudam a penetrar em sua obra. Como um ser intercultural, recusa-se a defender bandeiras ou pertencer a escolas literárias. Tenta escapar de definições e enquadramentos, às etiquetas que, segundo ele, a crítica literária insiste em colar nos autores, e para tanto utiliza-se do *détour*, a forma que encontra para abrir-se para o outro sem se perder. O desvio, ou *détour*, é a prática do oprimido, é a prática da sobrevivência.

FRANÇA

Laferrière escreve seus livros em francês, e as razões que enumera para explicar essa escolha nem sempre são fáceis de compreender. Em mais de uma entrevista ele afirma: "sou um escritor americano escrevendo diretamente em francês, e não um escritor francófono". Essa frase, contraditória à primeira vista, aponta para questões importantes.

O termo "francofonia" teve sua criação institucional em 1970. Ele é, antes de tudo, um termo político, pois designa um espaço cultural e econômico delimitado pela língua francesa. No entanto, quando associado à literatura, costuma designar aquela que é feita fora da França ou por autores não franceses. Sendo assim, refere-se não a um campo linguístico, mas sim a um espaço geopolítico, que delimita uma zona de influência. Nas palavras do próprio autor:

"Nunca temos muita certeza se a palavra inclui a França ou se ela se aplica exclusivamente aos países onde se fala francês com exceção da França. Essa distância cria uma situação extremamente desagradável, temos a impressão de que a França está construindo um império."[4]

É clara sua recusa do termo. Afinal, francofonia e literatura de imigração não seriam formas de denominar o que está à margem, na periferia e não no centro?

A primeira língua do autor, a língua por meio da qual aprendeu a conhecer o mundo, foi o *créole* haitiano. A língua francesa veio depois:

> "Antes de ir à escola, em Petit-Goâve onde passei minha infância com minha avó, eu falava principalmente *créole*. [...] Toda a vida cotidiana acontecia em *créole*. É a língua que falo sem pensar. E foi nessa língua que descobri que existia uma relação entre as palavras e as coisas. Em *créole* há palavras que eu adoro ouvir, palavras boas de ter dentro da boca. Palavras de prazer, ligadas principalmente às frutas, à variedade de peixes, aos desejos secretos (palavras que não podem ser ditas diante dos adultos), aos jogos proibidos."[5]

Percebemos a relação afetiva e quase material com a língua; ela traz em si não só o som, mas o cheiro, a forma e a

---

[4] Dany Laferrière, "De la Francophonie et autres considérations". Entrevista a Ghila Sroka, *Tribune Juive*, nº 5, ago. 1999, pp. 8-16. Ver: www.lehman.cuny.edu/ile.en.ile/paroles/laferriere_francophonie.html.

[5] Dany Laferrière, "Ce livre est déjà écrit en anglais, seuls les mots sont en français". Comunicação apresentada no colóquio *Traces et présences de l'Afrique aux Amériques et en Europe: de l'esclavage à l'émigration*, Liège, 1999. Ver: www.lehman.cuny.edu/ile.en.ile/paroles/laferriere_celivre.html.

concretude dos objetos. O francês era a língua que devia ser aprendida para se ter acesso à educação, à civilização e como possibilidade de abrir-se para o mundo. E se, por um lado, a nova língua entrou desvalorizando a primeira e criando uma deformação na imagem de si; por outro, ela tornou possível o acesso a outras culturas. Foi por meio da língua francesa que Dany afirma ter conhecido grandes escritores, não só os franceses, mas também autores traduzidos em francês. Essa cultura adquirida por meio da língua francesa o ajuda a defender-se dos americanos e é motivo de orgulho:

> "Eu me sirvo da França contra a América, mostrando para eles esse refinamento cultural que vem da França, essa abertura para o mundo proibida aos negros fechados em guetos. [...] Essa cultura, eu a recebi da França."[6]

Outro elemento importante na escolha da língua foi o fato de, ao chegar a Montreal, encontrar uma língua francesa diferente: o francês falado no Québec não é o francês do colonizador, mas sim do colonizado, ou seja, uma língua inferior, como ele aprendeu a perceber o *créole* quando vivia no Haiti. A questão da língua e da independência é onipresente no Québec. Perceber essa relação entre o quebequense e sua língua ajudou a criar uma cumplicidade entre Dany e o país que o acolheu em seu exílio. Assim, escolhe o francês como língua de criação.

E o que explicaria a quase ausência do *créole* em seus livros? Segundo Dany, porque a maioria de seus leitores não sabe o idioma. Neste livro, ele aparece somente nos provérbios que abrem cada capítulo, com a tradução abaixo, e em

---

[6] "De la Francophonie et autres considérations", *op. cit.*

alguns termos próprios do universo haitiano, que mantivemos em sua forma original, grafados em itálico e elucidados em nota. Além disso, o texto em francês traz, integradas à narrativa diversas palavras e expressões provindas do *créole* haitiano, do francês falado no Haiti, do francês falado no Québec e do inglês dos Estados Unidos. Na tradução, esses termos foram incorporados da mesma forma que no texto-fonte, sem aspas nem uso do itálico.

O escritor insiste em dizer que, para ele, o que importa é a cultura, e não a língua (como separar as duas?), que é uma simples roupa que ele gostaria de eliminar. Acredita que o fato de tratar de situações do dia a dia da cultura haitiana já faz referência à língua que está sendo falada, pois todo o cotidiano está imerso no *créole*.

AMÉRICA

A América para Laferrière refere-se ao continente americano, abrangendo não só os Estados Unidos, mas também Haiti e Canadá:

"Meu combate não era mais com a França. Eu resolvi a questão da França de uma maneira inusitada, fazendo-a afrontar um monstro mais forte do que ela, a América. Como? Bem, eu descobri por acaso que vivia na América, que o Haiti ficava na América e não na Europa. Então tudo ficou simples para mim: se a França, como eu constatava (o cinema, a literatura, até a gastronomia, uma vez que o hambúrguer é o alimento preferido dos jovens franceses, e mesmo o esporte, já que os deuses do basquete também reinam na França etc.), fica de joelhos diante da América, esta América, então por que eu abaixaria a cabeça diante da França? Por que não adorar o verdadeiro deus? A antiga equação (eu adoro a França que adora a América) pareceu-me de repente estranha. Só preciso repetir sem parar: estou na América. Eu sou a América."[7]

Por ter os pés em território americano, decidiu escolher uma equação na qual se vê como duplo ganhador: une sua formação "europeia" à modernidade americana. A França, apesar de ausente enquanto espaço em sua obra, sempre foi sinônimo de colonizador, mesmo com a independência do país há mais de duzentos anos. Contudo, em *País sem chapéu* são os Estados Unidos que ocupam esse lugar. Aqui, o Outro não é a França, e sim os Estados Unidos, como um fantasma presente ao longo de toda narrativa, como o intruso que não é capaz de enxergar outra cultura. O americano incorpora a "civilização do Um" ou o "império do Mesmo", noções de Édouard Glissant segundo as quais há um modelo único no mundo, centralizador e totalitário. Na "civilização do Um" não existe possibilidade de coexistência de sistemas. Fechados em si, os americanos são incapazes de aceitar o outro. Para esse Um conhecer o Outro, é preciso reduzi-lo às categorias que conhece, ou seja, às categorias da cultura universal.

No livro há uma fala exemplar para ilustrar ao mesmo tempo o racismo dos americanos em relação aos negros e o desprezo destes em relação àqueles com os quais são obrigados a conviver:

"— Os americanos, meu filho — diz minha mãe com um sorriso no canto da boca —, não sa-

---

[7] "Ce livre est déjà écrit en anglais...", *op. cit.*

bem nem distinguir um negro instruído de um negro analfabeto, e você lhes pede agora para fazer diferença entre um negro morto e um negro vivo."

Ainda quando o narrador vai ao supermercado com seu amigo Philippe, surpreende-se com a presença de soldados americanos negros. É uma presença sufocante, e ele comenta que, na primeira ocupação, em 1915, o governo americano enviou ao Haiti brancos racistas do sul dos EUA. Já na segunda (desde 1994), fizeram o supostamente correto: para trabalhar em um país de maioria negra, enviaram soldados negros. A impossibilidade de intercâmbio permanece, mas o fato de serem todos negros cria a ilusão de que são iguais, e o americano (o Mesmo) não se sente ameaçado, pelo contrário se reafirma em seu papel de Mesmo. Os mais jovens não se chocam, estão habituados, enquanto para os mais velhos, ou aqueles que há muito não vivem ali, essa presença é difícil. Temos dois olhares, um que olha de dentro e outro que olha de fora, um que aceita, outro que estranha.

Além da identificação territorial explícita, é bom lembrar que a maioria dos haitianos sai de seu país para viver nos EUA, e não na França. Se, do ponto de vista oficial, a França está ausente do Haiti desde 1804, para Laferrière o verdadeiro fim da dominação cultural francesa veio com a emigração maciça de haitianos para a América do Norte. Contudo, vale notar que o fato de sempre ter vivido no continente americano não garante a inclusão ou aceitação. A América, ou Novo Mundo, evoca o Terceiro Mundo, o mundo dos excluídos, da mistura de diversas culturas, incluindo a africana. Assim, os latino-americanos e afro-americanos, as pessoas "com prefixos", opõem-se aos EUA como o desvio da norma, o centro e a periferia, o maiúsculo branco e o minúsculo negro.

ÁFRICA

Os haitianos são descendentes, sobretudo, de africanos arrancados de sua pátria e trazidos à força para a América. Tiveram que renascer americanos e, para tanto, "morrer" como africanos. Glissant chama esse africano de *migrant nu*:

> "Ele não podia trazer suas ferramentas, as imagens de seus deuses, seus instrumentos usuais, nem contar as novidades aos vizinhos, nem desejar trazer seus familiares, nem reconstituir no lugar da deportação sua antiga família."[8]

Diz a lenda que os negros que vinham prisioneiros nos navios negreiros deixavam suas almas enterradas na África e chegavam ao Haiti como zumbis, mortos-vivos em corpos sem alma. Uma forma de solucionar esse dilema era "inventar" a África no Haiti. Esse processo de desarraigo e reinvenção incluiu o vodu, religião de origem africana que sofreu transformações ao atravessar o Atlântico, fragmentada na memória de negros cativos de diferentes etnias e regiões. Muito popular no Haiti, o vodu ainda é, junto com o *créole*, a grande força da população rural e principal forma de resistência ao Estado.

Laferrière estabelece uma relação estreita entre França e África. Para o escritor, essa África mítica é uma construção artificial, que tem muito mais a ver com a América do que com a África real. Para combater a imagem da França poderosa e enraizada nos haitianos foi preciso inventar uma África que não correspondia à real:

---

[8] Édouard Glissant, *Le Discours antillais*, Paris, Gallimard, 1997, p. 112.

"A África servia de escudo diante da hegemonia francesa. Mas a África, estando tão longe, parecia não ter consistência. Nadávamos entre fantasmas. Ninguém no Haiti sabia o que se passava na África naquela época. A África que honramos no Haiti no início dos anos 30 não existia na África. Era a África que reconstruímos com nossa memória de desraizados. É preciso dizer que nós fomos os únicos a ter ousado, em nível nacional ao menos, essa reconquista de nossa identidade africana."[9]

Essa busca da identidade africana levou ao *indigénisme* e consequente *noirisme* (1930-60). Os negros, maioria no país, começaram a exigir cada vez mais um espaço na política, que estava há muito tempo nas mãos dos mulatos. Essa divisão entre negros e mulatos e o debate em torno da questão da cor acabou levando à ditadura de François Duvalier, que tinha um programa populista baseado em uma ideologia de supremacia negra e nacionalismo, rechaçando as referências francesas. Daí também a recusa de Laferrière aos rótulos que o ligam a esse mito da África (escritor negro, defensor da negritude etc.).

Segundo o escritor, o Haiti ainda tenta construir sua identidade entre a imagem desses dois países (África e França), estando em solo americano. Sempre que pode, em seus depoimentos, Laferrière insiste que é americano e lembra que Petit-Goâve, Porto Príncipe, Nova York, Miami e Montreal estão no mesmo continente. Para ele, as expressões Caribe, além-mar, Antilhas refletem a perspectiva colonialista francesa de ligar as ilhas da região à Europa e à África, mas jamais ao

---

[9] Dany Laferrière, *J'écris comme je vis*, Montreal, Lanctôt, 2000, p. 148.

continente americano. Dessa forma, a geografia ganha um valor de indeterminação.

País real

País sem chapéu, de 1996, está entre os dez livros de Dany Laferrière que, segundo ele, constituem sua "autobiografia americana". Com ele, o sétimo da série, o autor fecha o ciclo cronológico da "autobiografia". Aqui o narrador conta seu retorno ao Haiti depois de viver vinte anos entre o Canadá e os Estados Unidos. Seu olhar é o de alguém que conhece muito bem o lugar, mas é também um olhar distanciado de quem já não pertence mais. O autor não está mais simbiótico com o seu meio, deu um passo atrás. O fato de ter vivido em culturas diferentes lhe garante o recuo. Percebe-se a intenção do autor de resgatar sua história, e com ela a de seu país.

Ele nos apresenta um Haiti sem exotismo, ao menos não o exotismo superficial que lida com elementos que reconheceríamos rapidamente como típicos das Antilhas, tais como a música, a dança, a alegria. Procura escapar da banalização retratando o dia a dia de pessoas em um país pobre, numa cidade superpovoada, muita gente nas ruas, sol escaldante, sujeira. A cidade de Porto Príncipe retratada é urbana, complexa, cheia de nuances. Não é um livro alegre, pelo contrário, quase ninguém ri, e quando ri é um sorriso contido. Não há música, quando se escuta o rádio, são debates, notícias ou jogos.

Victor Segalen, em seu *Essai sur l'exotisme*,[10] diz que o exotismo não é uma adaptação nem a compreensão perfeita

---

[10] Victor Segalen, *Essai sur l'exotisme, une esthétique du divers*, Paris, Fata Morgana, 1978, p. 38.

de algo diferente de nós, mas sim a percepção imediata de uma incompreensão eterna. É assim que nos aproximamos do Haiti. Como a noção de opacidade de Glissant, o exotismo que Dany reserva a seu livro é a definição de uma identidade, o contorno do diverso. Ele não tem a intenção de explicar aquela realidade, só quer registrá-la.

Associar sua escrita à pintura primitiva pode ajudar-nos a compreendê-la. Os capítulos que fazem parte do *país real* são compostos de quadros, imagens e cenas postas lado a lado pelo observar e andar do narrador. Esse pensamento não sistemático, um pouco errante, é marcado pela oralidade, por seu acúmulo e sua redundância, o que também lembra o estilo do contador de histórias *créole*. O autor dispõe os elementos sem aparentemente fazer escolhas, não há um ponto de fuga, as imagens aparecem justapostas, sem hierarquia, transmitindo a impressão de que não foi feita qualquer triagem. Dessa forma procura invadir o leitor, "intoxicá-lo" com seu mundo, e deixa que ele faça sua própria leitura, como faria diante de um quadro *naïf*. Laferrière, mais de uma vez, afirmou que não se preocupa com a língua e que sua intenção é entrar em contato direto com a realidade, sem intermediários. É também a relação que estabelece entre o escritor e o pintor *naïf*, ao intitular o primeiro e o último capítulos do livro como, respectivamente, "Um escritor primitivo" e "Um pintor primitivo".

Essa intenção de captar o aqui e agora está muito mais próxima da escrita norte-americana do que dos padrões literários franceses. Assim, escreve em francês no estilo do inglês americano. Provavelmente, o distanciamento que lhe possibilita esse trabalho com a língua deve-se ao fato de ter desenvolvido a capacidade de refletir sobre ela desde cedo, quando foi exposto ao aprendizado do francês depois de já dominar o *créole*. A forma como Laferrière trabalha a língua em que escreve lembra o tipo de abordagem feita por um falante não nativo do francês. Apesar de não elaborar uma nova língua, o autor inscreve no francês as marcas da complexa realidade linguística em que vive.

Afinal, que francês é esse? Ao escrever *L'odeur du café*, Laferrière constatou que havia escrito com uma sintaxe *créole*. Sobre seu livro *Comment faire l'amour avec un nègre sans se fatiguer*, disse a seu tradutor que ele não teria problemas ao verter o livro para o inglês, já que havia sido escrito em inglês, somente as palavras eram em francês. Mais tarde, o tradutor confirmou que, de fato, seu estilo era norte-americano: direto, sem floreios, a emoção quase imperceptível. Dany não chega a romper com as regras do francês, porém utiliza a língua de forma diferenciada. As frases curtas, o insistente uso do tempo presente, a ordem direta da frase são exemplos de sua escrita.

O fato de empregar a língua francesa dentro de uma sintaxe *créole* ou americana nos ajuda a formular a hipótese de que Laferrière acaba por "criar" uma língua capaz de dar conta de seu imaginário, uma língua crioulizada. Conforme a argumentação da canadense Lise Gauvin: "O contexto de diglossia no qual ele evolui obriga o escritor a achar na própria língua uma forma de conciliação entre o francês da escola e aquele de seu meio natural".[11]

País sonhado

País real é o dia, enquanto *país sonhado* é a noite, uma noite misteriosa e mística. Se o dia é dedicado à sobrevivência, ao presente, a noite é dos zumbis, dos fantasmas: "O dia

---

[11] Lise Gauvin, *La Fabrique de la langue, de François Rabelais à Réjean Ducharme*, Paris, Seuil, 2004, p. 261.

para o Ocidente. A noite para a África". A África seria o lado mítico, a herança dos antepassados.

Nos capítulos intitulados *País sonhado*, há um fio narrativo sobre a morte, tema que perpassa todo o livro. Ela é uma presença constante, e não é percebida como algo negativo; pelo contrário, é complementar à vida. Logo constatamos que no Haiti não há fronteiras entre vida e morte. Percebemos a permanência da pessoa morta na fala dos outros, como se continuasse viva. O narrador transita entre a noite e o dia, entre a vida e a morte. Para Dany a literatura seria o universo sonhado, onde podemos realizar o desejo de organizar um mundo, uma vida real que acontece dentro desse universo sonhado. Passar para a literatura é passar do visível ao invisível, é ir para um país sonhado e depois voltar para o país real.

Na teoria do realismo maravilhoso desenvolvida por Alejo Carpentier, o elemento mágico está associado à própria realidade. Não há contradição, não há conflito entre as ideias; a presença incomum é simplesmente aceita, supõe uma adesão. O maravilhoso seria a forma de representar a realidade das camadas mais populares. No Haiti, onde a grande maioria da população é analfabeta, houve pouca penetração da cultura europeia, e com isso uma maior preservação da cultura popular. Carpentier ficou encantado com esse aspecto do país quando passou uma temporada lá e registrou esse contato cotidiano com o real maravilhoso no prólogo de seu livro *El reino de este mundo*.[12]

A morte, para os haitianos, assim como a religião vodu, está ligada ao conceito de opacidade. Até o narrador demonstra ter dificuldades para entender esta relação com os mor-

---

[12] Alejo Carpentier, prólogo a *El reino de este mundo*, Buenos Aires, Librería del Colegio, 1975, p. 54.

tos depois de ter vivido tantos anos longe. Ao ouvir de seu vizinho Pierre a narrativa de que os haitianos chegaram à lua antes dos americanos, comenta: "É nisso que dá passar quase vinte anos fora do seu país. Já não entendemos as coisas mais elementares". Passagens como essa, carregadas de (auto)ironia, se repetem ao longo do livro, trabalhando com a ambiguidade de estar/não estar, ser/não ser do exilado que regressa. O que fazer diante da percepção de que algo já não é mais como antes? Quem mudou, o país ou o protagonista-narrador? Ao voltar ao seu país, Velhos Ossos entra em contato com uma realidade diferente da que deixou, o que seguidas vezes gera desconfiança, um mal-estar de quem não (re)conhece todos os elementos que estão em jogo. Por outro lado, a ideia de que nada mudou também é frequente. Daí esse movimento contínuo ao longo do livro de estranhar/reconhecer, afastar/penetrar. Esses sentimentos dão ao livro um tom melancólico. A maior parte do tempo o narrador tem a postura de quem não se envolve, só observa, não julga aquilo que vê. Em vez de falar, ele escuta. São os outros personagens que articulam sua verdade. Afirma que só diz o que vê, deixa as imagens falarem por si: "Sou apenas um *voyeur*".

A dualidade país real/país sonhado apresentada pelo escritor também nos remete à análise do antropólogo francês Gérard Barthélémy, especialista no Haiti, que em seu livro *L'univers rural haïtien: le pays en dehors*[13] expõe as diferenças entre as culturas *bossale*[14] e *créole*. Cabe um paralelo entre a impossibilidade de comunicação que divide essas culturas e os dois territórios que se intercalam em *País sem cha-*

---

[13] Gérard Barthélémy, *L'univers rural haïtien: le pays en dehors*, Paris, L'Harmattan, 1991.

[14] Os negros que, diferentemente dos *créoles*, não nasceram na colônia, mas foram trazidos da África.

péu: os *créoles* seriam aqueles que dominam o país real, representam o poder, as estruturas do Estado, fazem-se sentir no dia a dia do povo haitiano. Já os *bossales* teriam sua força no país sonhado, quando dão vazão às suas crenças, ao seu poder mítico, sua forma de resistir. O inimigo não viria mais de fora, pelo contrário, seria parte constituinte do país. As investidas do narrador nas questões dos mortos seriam um mergulho na cultura *bossale*. País real e país sonhado são dois lados de uma mesma moeda que seguem sem conseguir comunicar-se. Seria o Haiti um país cindido em dois? Uma identidade não unificada?

Dany Laferrière é múltiplo, seu universo é complexo, multifacetado por diferentes culturas; portanto a tentativa de reduzi-lo a uma única etiqueta reflete a dificuldade que existe em aceitar aquele que se encaixa em mais de uma categoria. É mais fácil tirar o excesso, cortar as bordas, diminuir a profundidade para poder controlar. Laferrière e sua literatura *créole*, forma privilegiada de apreender a realidade, demandam abertura do leitor.

O livro lida com elementos que revelam a complexidade do país e, no entanto, percebemos em vários pontos uma realidade mais próxima e familiar do que talvez pudéssemos imaginar. Além disso, ele traz um olhar da América colonizada diferente do que estamos acostumados a lançar sobre nós. A descoberta de um país que não está tão longe da nossa realidade quanto imaginávamos — que chega até nos por meio de uma literatura com a qual não existe uma relação dominante já viciada, que não alimenta nossa posição de admiradores e seguidores — pode ajudar-nos a rever a imagem que temos de nós mesmos. Quem sabe, ler a literatura haitiana também traga elementos novos que nos permitam (re)pensar nossa relação com a língua portuguesa e com nossa própria sociedade.

Sobre o autor

Dany Laferrière nasceu em 1953 em Porto Príncipe, capital do Haiti. Seu nome de batismo é Windsor Klébert Laferrière, igual ao de seu pai, político eminente do período democrático anterior à ditadura de François Duvalier (Papa Doc). Em 1959, logo após a instauração do regime e do exílio forçado do pai, o pequeno Windsor é afastado da capital por decisão da mãe, que teme o alcance das perseguições, vivendo até os onze anos no povoado de Petit-Goâve, aos cuidados da avó.

Iniciou-se no jornalismo aos dezenove anos, colaborando como cronista na revista *Le Petit Samedi Soir* e na rádio Haïti-Inter, tradicional centro de resistência democrática no país. Em 1976, em plena ditadura de Jean-Claude Duvalier (Baby Doc), após o assassinato do colega e amigo Gasner Raymond e jurado de morte pelos Tontons Macoute, Laferrière se vê obrigado a partir para o exílio, seguindo o destino do pai. Instala-se então em Montreal, onde trabalha como operário em várias fábricas, até que, em 1985, publica seu primeiro livro, *Comment faire l'amour avec un nègre sans se fatiguer* (Como fazer amor com um negro sem se cansar). O romance alcança imediato sucesso comercial e tem ótima recepção crítica, sendo no ano seguinte levado ao cinema, no filme homônimo dirigido pelo canadense Jacques W. Benoît.

Seu romance de estreia inaugura uma longa série que Laferrière chamará "autobiografia americana", composta de dez livros, a maioria deles escritos no período em que residiu em Miami (1990--2002). São eles: *Comment faire l'amour avec un nègre sans se fatiguer* (1985), *Eroshima* (1987), *L'odeur du café* (O cheiro do café, 1991), *Le goût des jeunes filles* (O gosto das meninas, 1992), *Cette grenade dans la main du jeune nègre est-elle une arme ou un fruit?* (Essa granada na mão do jovem negro é uma arma ou uma fruta?, 1993), *Chronique de la dérive douce* (Crônica da doce deriva, 1994), *Pays sans chapeau* (País sem chapéu, 1996), *La chair du maître* (A carne do mestre, 1997), *Le charme des après-midi sans fin* (O encanto das tardes sem fim, 1997), *Le cri des oiseaux fous* (O grito dos pássaros loucos, 2000).

Fora da "autobiografia", publicou ainda *L'oeil du cyclone* (O olho do furacão, 2000), *Je suis fatigué* (Estou cansado, 2001), *Les années 1980 dans ma vieille Ford* (Os anos 80 no meu velho Ford, 2005), *Vers le Sud* (2006), *Je suis un écrivain japonais* (Eu sou um escritor japonês, 2008), *L'énigme du retour* (O enigma do regresso, 2009), *Tout bouge autour de moi* (Tudo se agita ao meu redor, 2010), além da entrevista *J'écris comme je vis* (Eu escrevo como vivo, com Bernard Magnier e Ghila Sroka, 2010) e das novelas juvenis *Je suis fou de Vava* (Eu sou louco por Vava, 2006) e *La fête des morts* (A festa dos mortos, 2009).

Paralelamente, dedicou-se ao cinema, seja na direção, como em *Comment conquérir l'Amérique en une nuit* (2004), seja colaborando na roteirização de seus textos. É o caso, por exemplo, do aclamado *Rumo ao sul* (2005), do francês Laurent Cantet, baseado em trechos de *La chair du maître* e de *País sem chapéu*.

Entre os principais prêmios que recebeu, constam Carbet de la Caraïbe 1991, por *L'odeur du café*; Livre Réseau France Outre-Mer 2002, por *Cette grenade dans la main du jeune nègre est-elle une arme ou un fruit?*; Médicis 2009, por *L'énigme du retour*; e Grand Prix Littéraire International Metropolis Bleu 2010, pelo conjunto da obra.

Sobre a tradutora

Heloisa Caldeira Alves Moreira graduou-se em Letras (Francês e Português) pela Faculdade de Filosofia, Letras e Ciências Humanas da Universidade de São Paulo. Durante o curso, nas aulas da professora Diva Barbaro Damato, entrou em contato com as literaturas caribenhas de expressão francesa. Encantando-se especialmente com a escrita de Dany Laferrière, dedicou sua dissertação de mestrado à tradução e análise de *Pays sans chapeau*. Atualmente, desenvolve doutorado na Pós-Graduação em Estudos Linguísticos, Literários e Tradutológicos da FFLCH-USP, tendo como tema a leitura e a literatura infanto-juvenil francófona.

Heloisa é também professora de francês do Colégio Santa Cruz (São Paulo) desde 1998 e vice-presidente da Associação dos Professores de Francês do Estado de São Paulo (APFESP), de cuja diretoria faz parte desde 2003.

Este livro foi composto em Sabon, pela Bracher & Malta, com CTP da New Print e impressão da Graphium em papel Pólen Natural 80 g/m² da Cia. Suzano de Papel e Celulose para a Editora 34, em dezembro de 2022.